NINGÚ SAP
QUE SOC AQUÍ

AGNÈS MARQUÈS

NINGÚ SAP QUE SOC AQUÍ

Columna

COL·LECCIÓ CLÀSSICA

PRIMERA EDICIÓ: MARÇ DEL 2022

AV. DIAGONAL, 662-664 - 08034 BARCELONA

ISBN: 978-84-664-2880-4

DIPÒSIT LEGAL: B. 3.439-2022

FOTOCOMPOSICIÓ: TONI CLAPÉS

IMPRÈS A CATALUNYA - *PRINTED IN CATALONIA*

www.columnaedicions.cat

Per a H.,
i per a tots els que es perden
i en fan el viatge de la seva vida.

Però fa tanta soledat que les paraules se suïciden.

Alejandra Pizarnik

I

Estirada al llit. Estic despullada i tinc el cos xop. Intento moure les cames, però no. Noto els plecs dels llençols enganxats a la pell. Faig un intent d'obrir els ulls, però tampoc. Pesen i couen. Intueixo una claror taronja. Ja deu ser migdia. El cap fa zum-zum i es barreja amb no sé què, un so mecànic. Ve de fora, segur. És música? Electrònica? I veus que riuen. De més a prop, una respiració reposada.

Obro els ulls.

Un tio amb barba, també despullat. L'Àlex. Dorm com un mort. Podria estar mort, però té una rosada de suor al pit escarolat.

L'habitació està desordenada. Hi ha hagut

moviment, aquí, Clara. Pensa, Clara, recorda. Maleta oberta, roba rebregada. A la meva dreta, un armari amb les portes de mirall. Hi ha el meu cos abandonat, allà. Al final, després de les puntes dels meus peus, hi ha els peus grans i peluts de l'Àlex. Més lluny, per terra, una vamba i uns calçotets de submarins blaus navegant per un lloc que només tu i jo sabem.[1]

Ningú sap que soc aquí.

2

El dia abans, el Diego parla amb la seva dona. Li diu cuida't, sí, et truco quan arribi. No, no correré. Ho diu allargant les vocals. La *o* del «no», la *e* de «correré». Les *i* de «sí» i de «tranquil·la». Em portaré bé, i riu que ja estem grans. Fes un petó als nens. T'estimo.

El Diego penja la trucada i va directe al whatsapp. Hi ha un missatge nou del contacte que té guardat com a Tovalloles. Les tovalloles estan netes, a quina hora passaràs?

Tovalloles: pastilles, MDMA, marihuana, cocaïna. El que calgui. Li ve al pensament el sí, tranquil·la de vocals llargues que li acaba de dir a la Diana, la seva dona. Se l'empassa i escriu vinc cap aquí.

Després de recollir les «tovalloles» i de dues hores de cotxe, arriba a l'hotel. Fa el *check-in* i, com feien cada any, va directe cap a la piscina. Encara no han arribat els altres. Ell és el primer i està impacient. Arribar primer als llocs sempre li ha semblat de pringat, al Diego. Haver d'esperar és cosa de pobre. Ell és dels que sempre es fan esperar. A ell li agraden les entrades triomfals.

Li corre pel cos una excitació coneguda que el transporta a un altre planeta, una excitació d'aquelles que qui n'ha begut en tindrà set tota la vida.[2] Fer saltar per l'aire l'absència de canvis del dia a dia, provocar moviment, que passin coses a la seva vida, que si confon un dia amb l'altre no sigui per la desesperació que tots els dies siguin iguals sinó perquè té llacunes a la memòria, voldrà dir que s'ho ha passat molt bé, pensa. Tres dies per davant de total anarquia d'horaris, d'amics, de riures, de música i «tovalloles». Penjar l'americana i la corbata, les sabates enllustrades cada dilluns, el com vostè vulgui, *jefe*, o allò de a quina hora arribaràs avui?, compra el pa i revisa el compte comú, aquest mes hem gastat massa. Punt i a part vital.

L'hotel comença a ser un formiguer. Amunt i

avall nois amb barba, noies amb pantalons recuperats dels vuitanta, aquells amb la cintura allà dalt, a la cintura. Tatuatges, ulleres de pasta i samarretes que semblen triades a l'atzar. Busca un lloc a l'ombra, demana una cervesa i nota el pes de les «tovalloles» a la butxaca. Amb el peu pica sobre la gespa al ritme de la sessió d'electrònica de Solomun que sona de fons.

Espera, pobre, que arribin els altres.

3

La tarda abans he conegut els amics de l'Àlex. Clara, aquests són el Diego i el Sebas. Sebas i Diego, aquesta és la Clara. Les primeres persones que ens veuen junts, el primer cop que existim com a parella, Àlex i Clara, Clara i Àlex, el primer cop que som nosaltres per a algú més que nosaltres i m'adono que és així, en aquest precís moment i després de tants mesos amagats, que comencem a existir de veritat com l'un de l'altre alguna cosa per acabar de definir. Són amics amb qui anava als festivals de música, li havia explicat l'Àlex, col·legues de quan tenien trenta anys. Ara, però, fa anys que no es veuen. Per la feina, les dones, els fills, saps?

Havia fet que sí, però en realitat no ho sé perquè no tinc ni dona ni tinc fills, però havia assentit amb el cap quan em va convidar a venir perquè aquest any el festival celebra la vint-i-cinquena edició i no ens ho podem perdre, Clara, vindràs amb mi? T'ho passaràs genial, ja ho veuràs. I podrem estar junts sense problemes, va prometre. Et cauran molt bé. Ja saben de tu, va dir.

Clara, aquests són el Diego i el Sebas. Sebas i Diego, aquesta és la Clara.

Per arribar on són hem travessat el jardí de l'hotel, que és ple de grups de gent asseguda per terra. Semblen una tribu: ulleres cridaneres, cabells de colors, barbes, la pell pintada. Jo semblo arribada de tres illes i dues civilitzacions més enllà. Potser per això de cop m'assalta una mandra infinita. Conec la sensació i em conec a mi: quan he de conèixer algú i hi tinc certes expectatives just abans seria capaç de fer marxa enrere i no presentar-m'hi. Al·legar una mort propera, un terratrèmol al meu pis, un drac traient foc per la boca i tallant el carrer. Penso que és vergonya, però no exactament. És un terror íntim a la decepció, que les expectatives no es compleixin i que quedin traïdes la il·lusió, l'esperança i el desig, que són motor, i que s'esfumin i deixin l'ànima una mica més escantonada. Més treballada, direm, més d'adulta, nena, que la vida és complicada i l'ànima sempre acaba escantonada. Tinc ganes de conèixer-los i tinc ganes d'encaixar i poder ser de l'Àlex alguna cosa l'un de l'altre públicament, però jo ja vaig posant la bena abans de la ferida, que les escantonades fan mal, perquè jo ja sé que amb tantes ganes les coses no flueixen, segur. Ara mateix trauria el drac, que em mataria un familiar amb el foc dels queixals i provocaria un terratrèmol al meu pis.

Però ja no hi soc a temps: aquests dos desconeguts són els nostres primers amics. Me'ls miro tan indiscretament com m'ho permeten les ulleres de sol i de cop m'agafen ganes de riure com una histèrica: són els únics que saben que existeixo a la vida de l'Àlex. Jo no en sé res, d'ells, tot i que ells són els únics que saben que soc aquí. I com menys sàpiguen, millor.[3]

Quin gran acte de fe, penso.

Quin gran acte d'amor, diria.

Quina bogeria d'amor, per ser més precises.

Quina bogeria, de fet.

Una altra.

4

L'altra bogeria va ser uns mesos enrere. El taxi, puntual com el vaig demanar. Encara és negra nit i el taxi agafa la Gran Via amb els semàfors sincronitzats en vermell. I cada vermell, una temptació de dir-li que faci mitja volta. Cada vermell, un no ho facis, Clara, però què estàs fent? Estàs morta de por, per què ho fas? Però el semàfor sempre torna a posar-se verd abans que la bola d'aire travessi les cordes vocals i es converteixi en veu, en voluntat real i en ordre. No sabria com explicar-li al Lu que a les cinc de la matinada i abans d'arribar a l'aeroport m'han cancel·lat un viatge que li he assegurat que era de feina i imperdible. Vull dir que ara ja està fet, tot i que em passo el dia sencer desdoblada, amb el cos en cinquena i el cap posant el fre de mà, i el cos ignorant-lo i el cap convertint-ho en pensaments destructius, en por, en vergonya. De «per què no?» a «perquè no, Clara».

Tres hores després surt un vol en direcció a París amb dos seients seguits reservats a dos coneguts que no hi fan res, junts. Ni junts, ni en un avió, ni a París. Si cau l'avió ja no haurem de donar explicacions a ningú, riu l'Àlex, i ja no ens farem vells pensant en totes les coses que vam poder i hauríem d'haver fet.[4]

Li suen les mans i a mi la seva broma em travessa el cervell a cada turbulència.

És febrer i a París descobreixo dues coses.

La bona, que em sento feliç.

La dolenta, que em sento feliç.

Tres coses, de fet: que soc capaç de coses que no m'imaginava.

5

La primera nit del festival fa una nit negra, negra nit. Al meu davant, milers de clatells mirant cap a la gran estructura metàl·lica que es retalla contra el cel i milers de veus que parlen desordenades. L'aire que respiro és calent i espès, el terra és un mar de gots de plàstic.

Mira, Clara, em diu l'Àlex passant-me el braç per la cintura: es fa la llum a l'escenari amb un castell de focs artificials espectaculars, tothom crida, hi ha qui xiula i s'aixequen milers de braços, mans amb gots de cervesa i ampolles d'aigua. S'il·luminen el centre de l'escenari i dues pantalles a banda i banda on apareixen exultants Arcade Fire. Comença a sonar la bateria. «Rebellion».

Amb les primeres notes la massa embogeix, salta, crida, i jo quedo com soterrada entre la multitud. L'Àlex s'agafa al Diego, riuen i canten per sobre la cridòria. Em tiren la cervesa per sobre. La queixa em passa fugaç pel cervell, ràpidament és una idea vella, celebro la cervesa que em refresca la pell. Un noi que passa ballant i amb un somriure que més ample no el pot fer em penja al coll un collar lluminós fluorescent. L'escena se'm fa vertiginosa, no sé si és que soc jo que em moc alentida o si realment el meu voltant es mou accelerat. Estic com en suspensió, quieta enmig d'un terratrèmol. I res em molesta. Ni els cops, ni la calor, ni la cervesa deixant-me la samarreta feta un cristo. I se m'escapa un somriure tot i que no tinc ganes de riure. Hi ha un formigueig que no sé d'on surt però que se m'escampa fins a l'arrel dels cabells, milers d'agulles clavades al còrtex, milers de desperta't!, desperta't! Clara, desperta't! Vibro, em bull la sang, no ho sé, el somriure no se'm tanca. Tinc davant meu, si allargo el braç la toco, una porció de vida desconeguda i compartida amb gent que no conec però que celebra simplement l'eufòria, que la deixa anar, que es deixa anar, com si no existís res més enllà d'aquesta cançó, d'aquest moment que tinc al davant, si allargo el braç el toco, si allargo el braç hi soc, hi entro. Un noi al meu costat mou el cos endavant i endarrere, porta unes ulleres de sol amb vidre de mirall i un porro als llavis. Em sembla que no hi ha de veure gaire, però em somriu i em passa el porro com si fóssim amics de sempre. I faig veure que és el més normal del món. De cop vull que sigui el més normal del món.

L'Àlex i jo no ens separem del Diego i del Sebas i van apareixent i desapareixent nois i noies que se'ns afegeixen. No sabria dir si es coneixen d'abans o d'ara mateix, tothom és simpàtic. Vells coneguts d'altres concerts, diu l'Àlex. Els que són ara fan un cercle al voltant del Diego, que remena alguna cosa que té a la mà. Tots s'hi apropen més encara, menys el Sebas, que es gira cap a l'escenari amb les mans a les butxaques dels pantalons i diu sembla mentida. Els altres paren la mà i el Diego els hi deixa una pastilla. Fan bromes i riuen, tots una mica excitats, ansiosos. Se la prenen, la pastilla, beuen un glop d'aigua d'una ampolla que comparteixen sense manies i el cercle es va obrint. Enregistro l'escena amb qualitat notarial: la nit negra il·luminada pels flaixos de llum que arriben des de l'escenari, la figura del Diego sembla la d'un sacerdot durant la comunió. Els Arcade segueixen cantant i ens beneeixen amb «people say that you'll die faster than without water»[5] i jo em pregunto si en aquest cas la revelació química és tan mística. Potser ho és més. El Diego allarga el braç i em pregunta si en vull una mentre l'Àlex m'abraça fort de costat i em diu un t'estimo rebregat i moll a l'orella. El Diego em mira amb ulls foscos i brillants. Tot i que l'he conegut avui, el sembla mentida del Sebas em convenç. No, gràcies, dic amb timidesa.

6

Uns dies abans de retrobar-se al festival el Sebas està enfonsat al sofà rònec i té una cervesa a la mà. Parla sense mirar-se la Paula, la seva companya de pis i alguna cosa més, però no tot el que ella voldria. Ella accepta el dolor que li provoca una vegada i una altra.[6]

El Sebas té els ulls fixos allà on el terra fa cantonada amb la paret, però no mira de debò. Diu que té ganes d'anar-hi, que fa molt de temps que no els veu, però que per una altra banda li fa molta mandra. Que el Diego i l'Àlex formen part d'una altra vida. No, esclar que no hi pot faltar, no, ja ho sap. Però que a veure quant tarda el Diego a fer-ne una de les seves. Sí, sí, molta feina important, molt pare de dos nens, però el Diego és el Diego, això ja t'ho asseguro. Que a veure quant tarda a anomenar la Julieta i cagar-la. Han passat vuit anys, però ja veuràs.

La Julieta. L'article i el nom propi reboten contra les parets desvestides del pis i l'intens silenci de la Paula, que fa que recull els DVDs que al final no han triat. Sempre amb la mateixa pel·lícula, el Sebas. La Julieta.

7

2010

De l'últim cop que la va veure, el Sebas a la Julieta, també fa vuit anys. Havien baixat al festival per separat, es trobarien com sempre a l'hotel. Si arribava, esclar, perquè ell amb aquell cotxe tartana que tenia no anava convençut enlloc i només li faltava afegir-hi la seva dispersió habitual, però com collons m'he pogut passar l'àrea de servei quan fa vint minuts, vint putos minuts, Sebas, que ets l'hòstia, que fa vint minuts que estàs patint perquè vas en reserva.

El Sebas sovint parla amb ell mateix com si es parlés des de fora. Té diàlegs amb ell mateix, ets un empanat, tio, sempre igual, i sovint es tracta com un cas perdut: on tens la blackberry per mirar el GPS, Sebas, tio, a la butxaca dels pantalons? De debò una altra vegada la blackberry als pantalons mentre condueixes? Aviam, concentra't, empanat, no ve ningú per darrere, posa't al carril de la dreta, aixeca el cul vigilant de no prémer l'accelerador al mateix temps, Sebas, no et matis abans d'hora. Ara. Sobretot, l'accelerador. D'acord, ja és meu, ja és teu, Sebas. A veure, continua sense venir ningú, d'acord, desbloquejar, codi d'accés, 3422, retrovisor, no ve ningú, a veure ara era... aquí, configuració, dades mòbils: activar. Has de trucar a la companyia, dia 12 i ja pràcticament sense dades, pringat. Maps, retrovisor, ningú.

Escriu Àrea_, retrovisor,

àrea de_, retrovisor,

àrea de serb_, joder, retrovisor, esborra, _vei: cerca.

Retrovisor.

Va, va, que estigui a prop, invoca el Sebas cervell endins. Quan parla amb ell mateix normalment ho fa dins el seu cap, però algunes vegades es troba parlant sol en veu alta en un esforç de posar ordre a les idees. Ara exclama vint quilòmetres?!! I què faig? Ja em suen les mans, merda, calma, Sebas, tranquil, Sebas, ves fent, en cinquena i sense forçar. Fa una pausa i un altre cop cervell endins es pregunta per què m'ha de passar això de les mans, és igual, no hi pensis, i es xiuxiueja va, concentra't, agafa el volant amb les dues mans i ves fent, pensa en una altra cosa, posa la ràdio, música, Ràdio 3, la ràdio brama xxxxxx sense trobar una altra emissora, hosti, tots els dials canviats, merda de ràdio vella. Puta tartana, pronuncia amb veu forta, i prem el botó de CD.

Cuando te conocí salías
Con un amigo de los pocos que tenías
Eras lo mejor de su vida
Pero fuiste lo mejor de la mía.[7]

Molt adequada, la cançó, pringat. Va, concentra't, tira, has d'arribar a la benzinera, si no doncs truques al *seguro* i suposo que em portaran benzina, pfff, que pringat, tio, espero que els papers del *seguro* estiguin al calaix, suposo que hi són, els hi devia posar el primer dia, no? Tu no els hi has posat mai, Sebas, però segur que hi són, els papers del *seguro* sempre són al calaix davant del seient del copilot, per defecte, o sigui, sempre hi ha algú que els posa allà, o sigui, jo no recordo haver-ho fet però segur que hi són, vaja, els papers del *seguro* existeixen allà, no? O sigui, quan compres el cotxe ja hi van, allà dins, els papers del puto *seguro*. Calma, tio.

Cuando te conocí me dijiste
Que por mí no ibas a cambiar
Ibas a seguir siendo igual,
Ibas a seguir siendo igual.

Merda.

Trenta pavos de benzina i sense omplir del tot el dipòsit, trenta pavos més de l'entrada al festival, cent de les tres nits d'hotel, deu en paquets de tabac. Dels tous, més barats. I a sobre arribo tard. Sí, i a sobre arribes tard. La Julieta ja deu haver arribat, deuen estar tots a la piscina i el Diego fent-li gracietes. Podries escriure un guió amb les teves peripècies darrere d'ella, tio, com a mínim que tot el que pringues et servís per treure'n rendiment a la feina.

Però no escric prou guions per fer-la contenta.

8

Fa un moment eren tots aquí. Juro que l'Àlex, el Diego i el Sebas, i els altres que van i venen, eren aquí a la meva dreta, apilonats al costat de la barra de begudes. Clara, amor, un mini de cervesa? He dit que sí des de tres o quatre posicions darrere de la cua de la barra, que no és cap cua sinó una competició de colzes. L'Àlex ha aconseguit arribar al taulell i es gira i esquivant caps ens ha preguntat que què volem.

Resulta que un mini no és el que sembla. O sigui, que no és una cosa petita. És un litre de cervesa en un got de plàstic que he d'agafar amb les dues mans i no puc perquè també hi tinc el mòbil, a les mans. Ja te l'aguanto, em diu el Sebas, i li fa un glop a la cervesa. A la meva. Quan la recupero, la cervesa ja ha passat per sis mans i tres boques i ha baixat dos dits. Intento no pensar-hi, fa una calor terrible i el porro fa estona que m'ha deixat la boca seca. Busco l'Àlex i el trobo amb el Diego, que riu tancant els ulls i tirant l'esquena enrere. Allò sí que va ser un after, tio. Trobar una taula de mescles i altaveu i convèncer DJ Plastik d'anar en aquell magatzem que tenia aquell tio, increïble. Què era, conductor d'ambulàncies, no? Riuen cada cop amb més ganes. I d'on va sortir?? L'Àlex m'agafa per l'espatlla per entrar-me a la conversa i m'explica la famosa nit, diu, que van enredar un conductor d'ambulàncies del poble perquè muntés un after en un magatzem que havia dit que tenia a dos quilòmetres del recinte del festival, que ells convencerien un DJ que punxava en un dels escenaris petits i que no sé qui coneixia per coses de feina. Que el conductor d'ambulàncies anava de coca i que tot li semblava bé i que es va embalar i va començar a organitzar-ho tot i a convidar gent que anava trobant pel festival. Un d'ells, el tio aquell amb qui es va quedar la Julieta; sí, dona, sí que t'ho he explicat, Clara. Un tio que de costat era prim com l'esquelet, però tenia un cap amb una cabellera enorme de rastes llargues i gruixudes, i bigoti i una barba de quatre dits. Ho tenia tot: arracades a les orelles i a la cella i els braços tatuats. Que deia que passava els hiverns a Indonèsia i el Diego se'n va enfotre, que si era d'allà d'on havia tret el costum de no dutxar-se, que se sentia la seva olor corporal a distància. L'Àlex no pot parar de riure i a mi el somriure del porro se'm queda curt i penjat a la geniva, torno a tenir la boca seca. El Diego acaba l'escena amb un riure de punt final. Qui toca ara, tio? Vaig a fotre'm alguna cosa més.

Tot això ha estat fa un moment, just abans que ara no hi siguin, aquí a la meva dreta. He volgut fer una foto a dues noies que anaven amb botes camperes i plomes d'indi al cap i ulleres enormes amb llums fluorescents. Primer m'ha saltat el flaix, però per sort me n'he adonat a temps per dirigir la càmera cap als meus peus. Després he tret el flaix, tot això amb el mini enorme de cervesa a la mà, i he aconseguit fer la foto sense que se n'adonin, però no ha quedat gaire bé. He guardat el mòbil a la bossa i és quan ja no hi són.

Truco a l'Àlex i no me l'agafa. Torno a marcar el número i despenja, però tot el que sento després és un so indesxifrable. Crido on ets, us he perdut, i el fil de veu de l'Àlex que destrio entre la música i la cridòria que sento de fons és impossible d'entendre. Espera, whatsapp! Penjo amb la idea d'escriure-li un missatge, però l'aplicació no funciona, el missatge no surt.

Passen uns minuts en què espero que em vinguin a buscar, jo no em moc d'aquí, estic sola entre trenta mil persones. Miro totes les que tinc a la vora i fins on m'arriba la vista per veure si reconec l'Àlex o els seus amics. Ni rastre. Tothom que passa al meu voltant s'ho està passant bé, riuen, salten, s'abracen, ballen. Ni tan sols em veuen. Sola, invisible, amb un litre de cervesa a la mà i poc més. I ningú sap que soc aquí. Només l'Àlex i uns desconeguts que no apareixen saben que soc aquí. M'aferro al mòbil, torno a trucar, l'Àlex no l'agafa. No tinc més telèfons, només puc esperar. I espero. La gent passa per davant i per darrere meu, m'empenyen una vegada sense adonar-se'n, vesso la cervesa i el mòbil per poc no em cau a terra. Tot es mou al meu voltant però jo semblo clavada a terra com una alzina centenària. La sang em passa freda per les temples i a poc a poc, com els ulls que s'acostumen a la foscor, el vertigen es va fent plaent. Tot i estar envoltada de tanta gent, no hi ha ningú més a la vista i es va fent gran una atracció poderosa, una força oculta, el desig de fer una passa endavant i conquerir tot aquest espai i tot aquest temps que s'obre davant meu només per a mi, i que la soledat física sintonitzi per fi, s'acobli definitivament amb la soledat de dins, i que aquesta sigui plena i confortable, per fi. Palpable, Clara, aquesta solitud. En la plena nit solitària,[8] enmig de tanta gent, ningú sap que soc aquí.

9

Ei, tios, hem perdut la Clara i és impossible parlar per telèfon amb ella, torno a la barra, a veure si s'ha quedat allà, espereu aquí, d'acord? Espera, Àlex, espera, espera, diu el Diego com si fos un savi. Pren una mica d'això, que quan tornis ja no en quedarà. Ara és el moment just, diu el Diego, que es mou amb la química per a adults amb el mateix domini amb què un peixater neteja un lluç. Raciona les dosis i reparteix ara estimulant en pols, ara alcohol, ara roca d'èxtasi, ara pastilla. Amb els seus fills encara no ha aclarit si l'equivalent a l'ibuprofèn és l'Apiretal o el Dalsy, però aquí sí, el domini dels estupefaents el converteix en el líder del grup. La nit està a les seves mans mentre ell també sàpiga el que es fa. Un somiador somia que mai no mor.[9]

L'Àlex fica el dit a la bosseta minúscula que el Diego té a les mans, remena la substància pedregosa i el treu. A contrallum amb els focus de l'escenari hi veu enganxats trossets d'èxtasi. Es llepa el dit i fa un glop de cervesa. En el mateix moment, el Diego diu amb cara de fàstic que amarg que és, perdéu, agafant-li la cervesa a l'Àlex i fent quatre glops grossos.

Havia advertit la Clara diverses vegades: l'únic que no et pot passar en un festival és que et separis del grup, si et separes del grup has begut oli, per ser més exactes. Per això abans de desfer el camí per trobar-la torna a marcar el seu número, però ara no dona senyal. D'acord, doncs res, com ha pogut passar a la primera de canvi? Que ell no ha mirat si la Clara avançava amb el grup ocupa una mil·lèsima part del seu raonament adulterat. Deu estar angoixada, i quan s'angoixa es queda paralitzada, la Clara. Ho sap des del dia aquell al bar L'Electricitat, una de les seves primeres trobades furtives, quan va entrar la germana del Lu, la seva cunyada. Va saltar del tamboret i es va quedar arraulida al terra ple de serradures i escuradents, amb els ulls esbatanats, com si estigués a punt de descobrir-la un lleó afamat, pobra. A mi el cor em bategava accelerat i volia sortir del bar com abans millor. Vaig notar que li trepitjava els dits de la mà mentre el cambrer que fregava gots va saber entendre el meu gest pràcticament imperceptible demanant-li la nota. Vaig pagar i sense aixecar el cap ni mirar enrere ni avall vaig sortir del bar per la porta que ens quedava més a prop. Crec que la Clara em va sentir quan li vaig dir surt, passa, va, ara, corre, però no n'estic segur, no estic segur ni tan sols d'haver-ho dit, perquè es va quedar allà arraulida a terra i encara hi seria si no fos perquè el cambrer, que devia acumular certa veterania de les misèries de la vida, va sortir de la barra, es va posar darrere la Clara a recollir els nostres plats i amb un copet de peu a la cama li va dir surt ara, que no et veuen.

El dia que la Clara es mori tindrà el mateix color de cara que tenia quan la vaig retrobar fora de L'Electricitat. La vaig abraçar amb urgència i sense rebre una abraçada de tornada, es va posar el casc de la moto i vam marxar d'allà de pressa i corrent. Conduïa carregat d'adrenalina, però la

Clara es va quedar capcota, amb mal de cap i de mal humor. Porta'm a casa, va cridar des de dins el seu casc mentre circulàvem sense destinació. Va entrar en aquell silenci tan seu i tan profund de quan, diu, està sentint tantes coses que és incapaç de parlar.

Ei, Diego, he d'anar a buscar la Clara, si no la trobo l'hem armat, i començo a anar bastant cego. Necessito trobar-la.

10

2010

De camí cap al cotxe per anar a l'after, el pàrquing del festival és un terreny àrid i polsinós i només els fars encesos d'alguns cotxes il·luminen el camí. Són barres de bar improvisades per desenes d'ombres que s'apilen als maleters per recarregar els gots d'alcohol. Tenen música posada i les notes es barregen amb les que arriben de l'escenari principal del festival. El Sebas camina mirant a terra, a veure on posa el peu, mentre agafa la Julieta per l'espatlla. La porta, de fet, però ella no li pot agrair el gest, ni adonar-se'n, perquè està completament collocada. Ell li segueix la conversa inconnexa i les bromes i fa que riu amb ella, però està pendent de com el cos d'ella s'emmotlla perfectament al seu. La seva espatlla li arriba just a sota el braç amb què l'abraça mentre caminen, i quan recolza el cap morta de no sap quin riure l'hi posa just sobre el pit, des d'on li arriba precisa l'olor dels seus cabells, una barreja de suavitzant i tabac. Ella li envolta el cos amb el braç esquerre i té la mà penjada del seu cinturó. N'és molt conscient, el Sebas, d'aquesta mà, i li venen ganes de deixar de caminar i acostar-se la Julieta a la boca. Continua sent la dona amb qui s'ha fet els millors petons, però ella continua rient de no sap què i just ja han arribat a la furgoneta.

Vinga, tothom cap a dins, diu el Diego, que aguanta la porta corredissa lateral de la furgoneta. Els fars d'un cotxe proper il·luminen les lletres impreses a la porta. El Sebas llegeix «Ambulancias Domingo». De debò que hi anirem amb l'ambulància d'aquest tio? Si va fatal, i a més no deu ser legal fer servir una ambulància si no és per a una urgència mèdica. No serà que de medicines no en portem, rebla amb segones el Diego enfotent-se'n. I a més, on seiem?, segueix el Sebas. Tres al davant i aquí al darrere doncs els que hi capiguem, diu el Diego. Vols aprofitar per quedar-te solet amb la Julieta?? El Diego és un bocamoll, però tothom sempre li riu les gràcies. Té les butxaques plenes d'amics buits[10] que sempre, sempre li riuen les gràcies. Com ara, que fins i tot la Julieta s'ha deixat caure a la llitera de l'ambulància, i riu i se'l mira amb uns ulls que són dos pous. El Sebas sent una punxada d'enveja i reprimeix l'impuls d'abaixar-li el vestit, que li ha quedat enfilat fins a les calcetes. Passa d'un nou atac del Diego, que està mesurant amb ulls vius l'efecte de la seva broma.

II

El whatsapp diu «Connectant...», però no connecta i el missatge per a l'Àlex no surt. Us he perdut, li escric. Però el missatge està flotant en un no-lloc, entre el meu mòbil i el de l'Àlex, com jo ara mateix. Sola. Sense que ningú ho sàpiga. Us he perdut. M'he perdut.

Perdre's. Forma pronominal del verb *perdre*. Primera del singular. Jo, perduda. I ja fa vint minuts i em vaig fent a la idea que potser no els trobaré. Que no em trobaran, de fet, i amb la tercera del plural la sang freda de les temples arriba just al centre del front, on s'obre l'abisme d'una idea nova: estic cent per cent a les meves mans.

La primera vegada que vaig estar cent per cent a les meves mans va ser aquell cop a Londres, amb vint-i-tres anys. El meu primer viatge sola. Sola amb les meves coses per Hyde Park, o no, aquí al mapa surt que si agafo aquest carrer arribo a un altre parc, el St James, entre el Buckingham Palace i el 10 de Downing Street, aquella porta modesta que es veu sempre per la tele i on ara hi viu Tony Blair. O el Hugh Grant fent de primer ministre a *Love Actually*. Love total, aquella pel·li, per cert. A veure si l'encerto perquè el parc és just per on doblego el mapa i ha començat a trencar-se. De fet, el St James's Park ara mateix és el dit gros del peu dret que veig per la ranura oberta al mapa.

Em va agradar treure'm les sandàlies, trepitjar l'herba i asseure'm a una de les gandules de tela de ratlles verdes i blanques escampades i sorprenentment buides. Potser la gent hi va més al migdia que no pas al vespre. Sí, la gent ve sobretot al migdia i a primera hora de la tarda, em diu el noi senegalès que ha vingut a cobrar-me la gandula. Ah, que s'ha de pagar, em ruboritzo perquè es veu que no en sé res de la vida, encara. I li dec haver fet gràcia perquè el tio va i s'asseu al meu costat, però a la gespa, i em diu que és igual, que no cal que li pagui, que el dia ja s'acaba i que ell que fa mig any que treballa allà ja sap que no passa res si no pago ja a aquella hora. I és que troba una burrada que la gent hagi de pagar per seure a les gandules i, que sí, que els xiprers aquests són majestuosos, diu «saipres» amb una *s* molt llarga al final i jo tardo a entendre que parla dels xiprers perquè el meu anglès no dona per saber com es diuen els tipus d'arbres, ni tampoc sé res de la vida per saber que aquests arbres preciosos són xiprers, de fet, però l'acabo entenent perquè em parla dels baobabs del Senegal, que allò sí que és un espectacle, que a l'estiu fa una flor rosa preciosa, i que són arbres sagrats al seu país i que en treuen tot el que poden. Que n'utilitzen el fruit, i entenc que diu que en fan salses i que té tantes vitamines que en donen als bebès, i que les fulles tenen propietats curatives i que les hi posen al cuscús, i que tot i això ningú cobra per seure a veure un baobab. I que no pot tornar al Senegal i que a Londres hi està sol, i tot mentre jo em sento vivint la vida intensament amb vint-i-tres anys i parlant amb un desconegut a Londres que ve del

Senegal i que té una vida que no s'assembla gens ni mica a la meva, ni a la meva Barcelona ni als quatre carrers que formen el meu imaginari, la quadrícula de la ciutat que forma el meu mapa vital i sí, esclar, les incursions pel Raval amb els de la facultat com a gran transgressió de la meva curta vida de vint-i-tres anys. I no em passa pel cap si és prudent o no explicar-li que jo també estic sola a Londres mentre miro endavant, cap als xiprers, per no fregar-li la mirada en aquest noi negríssim d'un negre que es fa plata allà on la llum del vespre li dona volums a la cara i que no deixaria de mirar perquè no he vist mai abans una cosa igual. Sé que somriu quan diu Barcelona! Barça! I aquí sí, abaixo la guàrdia i el miro i té una dentadura que segur que té més dents de les que toca perquè com pot ser aquella filera de dents tan blanques i ben posades, i segur que no ha dut bràquets perquè al Senegal això dels bràquets deu ser un capritx, i mentre pronuncia la ve baixa de Saviola la boca li fa una forma perfecta com la curvatura de la gandula on estic asseguda, però més còmoda, més molsuda. I em diu que ha de començar a recollir, però que em puc quedar fins que només quedi la meva gandula i que si vull després em pot ensenyar alguna cosa de Londres que no hagi vist encara, i ara sí que les mirades impacten, però només un moment perquè la meva és com un cotxe de xoc, pumba i cap a una altra banda. I potser se n'ha adonat perquè em diu que si no també el puc esperar en un pub que hi ha just a la sortida del parc i li dic que sí, que vaig tirant. I quan passo per davant del pub, miro endins i no m'hi veig, o m'hi veig massa, i acabo passant de llarg una mica més addicta a les oportunitats perdudes, les mirades que es freguen i les que impacten, les trobades fugaces amb desconeguts i el que mai no serà.

Quinze anys després, aquí al festival, jo perduda m'asseuria a fer una pinta amb ell i el que vingués. Però no puc tornar enrere, no puc tornar enrere.[11] Crec que és per això que finalment començo a caminar. Han anat cap aquí o cap allà? Diria que cap aquí, perquè per aquí es va a l'escenari. O cap allà, que hi ha els llocs de menjar i algú ha dit que encara no havíem sopat.

Al final segueixo un grup de noies cap a no sé on, no sé per què.

12

2010

Jo no sé per què sempre li fotem cas al Diego, no sé com sempre se surt amb la seva, som tots uns imbècils. Què hi fem dins d'aquesta ambulància i exactament on anem? Sona «On the run», de Pink Floyd, i el so psicodèlic em fa pujar l'alcohol que porto a la sang, també els moviments de l'ambulància, que aquí al darrere són molt bruscos. Sebas, vigila, que t'està pujant tot de cop, s'adverteix a si mateix. Faig el que puc per no caure mentre vento la Julieta, que està estirada a la llitera bastant out. Encara porta el vestit enfilat fins a les calcetes. Podria abaixar-l'hi, però no puc deixar de vigilar-li l'encaix blanc de les calcetes que se li ajusta a la cuixa. Vigilo que continuï allà, vigilo que ningú més l'hi vegi, vigilo com no li estreny la cuixa, vigilo aquesta manera que té l'encaix de reposar sobre aquesta cuixa de la Julieta que mare meva. Sebas, pringat, que se't veu a la cara que baveges, vigilo que ningú em vegi vigilar. La resta s'han assegut a terra i segueixen parlant i rient de ves a saber què i jo puc fer de vigilant gelós però confiat. El Diego s'ha assegut al davant, al costat del tio aquest de l'ambulància que espero que Déu l'ajudi a no matar-nos mentre condueix.

L'ambulància frena de cop i m'agafa per sorpresa, com a qualsevol vigilant abstret de l'entorn. Caic a sobre la Julieta i al damunt em cauen bosses precintades que eren en un prestatge. La resta de la gent, els que són a terra, aplaudeixen i xiulen que ja hem arribat. La Julieta esclata a riure, tio què fas? I jo, desarmat, res, que estem en una ambulància, però tot bé, eh? Com et trobes? Estem anant a un after, bé, sembla que hi hem arribat. Saps la típica idea del Diego? Doncs això, i riu molt, ella. De cop, riu molt i em mira amb aquells ulls que no sé què tenen però, buf, vida a dojo, i em separa una mica del seu cos i diu vinga, va, doncs anem a veure què és això, no? I s'aixeca amb prou feines i sense adonar-se que té el vestit allà dalt, però només per uns segons més perquè ara ja ha baixat la cama de la llitera i s'incorpora i el vestit cau pel seu propi pes i amaga aquell encaix que ara mateix deu fregar d'aquella manera la cuixa de la Julieta, que sembla haver-se recuperat i, bé, baixa una mica torta de l'ambulància i jo la vull agafar des de dalt encara, però se m'avança el Diego que ja l'espera amb els braços oberts, Juls!, Juls!, que bé que ho passarem, s'ha portat bé el Sebas aquí al darrere? I la Julieta riu i em posa la mà a la galta, i jo em sento petit i no sé com transitar de la cara de capullo que se'm queda quan la Julieta em fa el que sigui i la cara de que capullo que ets, Diego.

13

Només hi ha una cosa que el Diego fa més sovint que repartir, i és mirar el mòbil. El mira tan sovint que a vegades ni tan sols se'l torna a guardar a la butxaca, el duu a la mà. Cada dos per tres toca la pantalla i la llum que fa li il·lumina uns ulls àvids de trobar-hi algun missatge. L'operació dura un segon o dos com a molt i és capaç de fer-la sense interrompre la conversa, sense deixar de cantar la cançó que toquen, fins i tot sense deixar de ballar.

La matinada que va néixer el seu primer fill el Diego no estava dormint a casa. No estava dormint, de fet. Dues trucades perdudes i després un missatge explícit el van fer saltar del llit aquell.

He trencat aigües, deia. Sense to. Ni una exclamació ni tan sols una pregunta: on ets? Feia temps que ja no l'hi preguntava. Es va posar els pantalons i sense mirar enrere va dir me n'he d'anar.

El record que guarda de les hores següents és imprecís, però té flaixos: olorar-se les mans al taxi, els ulls clavats de la seva dona en arribar, un gemec animal, l'agulla gran, no, enorme de l'epidural, el monitor del batec del cor del nen, els dits de la seva dona clavats a la mà olorada al taxi, la sang, aquella olor. Un mareig i el nen, que va plorar però, li va semblar, també mirava silenciós.

Després de netejar-lo, la infermera li va apropar aquella massa de 3 quilos, 125 grams i 53 centímetres, un bebè fantàstic que vol conèixer el seu papà, somreia ella. I el Diego no va saber com posar aquelles mans seves en mode pare, en vine aquí, criatura, benvingut al món, petit, sota la severa mirada dels ullassos de la seva dona, de la seva mare.

El Diego recorda molt bé que aquell dia del naixement del seu fill, que el va agafar al llit d'una altra, qualsevol altra, va voler fer-se gran. No tornar a ensumar-se la culpa a les mans, no veure's mai més com el miserable que deia aquell silenci dels ullassos de la seva dona. Era el Diego que encara es feia promeses. Poc després en va acabar perdent l'hàbit per salut mental. Ell és de guanyar, d'entrades triomfals. El cel sap que és un miserable, però no li agrada perdre.[12] Ell no perd mai. Per això l'última promesa que es va fer va ser-ne una que pogués assumir: ser un bon marit, ser un bon pare, ser un professional, no sortir, no drogar-se es van transformar en un que no sembli que.

Va començar a dissimular.

I així ha aconseguit tenir la situació sota control. Va arribar el segon fill, la nena, va aconseguir canviar de feina i aconseguir-ne una amb més responsabilitat i un sou digne d'un bon pare de família. Van poder canviar de pis i també es van canviar el cotxe. Els migdies han substituït les nits. És quan el Diego treu a passejar el Diego. Ell fa que sembli que té un dinar de feina, que una reunió s'allarga o que aprofita per anar al gimnàs i creu que ha trobat l'equilibri perfecte. Sense que ho sembli, arriba al migdia carregat amb la cocaïna necessària per encarar les dues hores i mitja que dedica a practicar sexe. Aquí li agrada especialment que el sotmetin, aquí no ha de fer que sembli que sempre guanya. De nit dorm a casa sempre que no està de viatge, i les sortides amb amics són sempre planificades i comunicades amb antelació. El Diego creu que la seva dona sembla bastant convençuda que ha complert totes les promeses que s'ha fet i li ha fet, que s'ha fet gran, que s'ha fet seriós, com es diu a ell mateix, tot i que de tant en tant encara veu aquella ombra als seus ullassos, però creu que la té convençuda, sí. Que no pot sospitar que ara és aquí repartint la droga que li ha comprat al «Tovalloles», amb qui té una relació setmanal que fa que el sou no li llueixi tant. Un tio que sap que és comercial de material d'oficines i que té bessons perquè surt amb ells a la foto del seu perfil de whatsapp, cosa que el sorprèn tractant-se d'un camell, però qui és ell per qüestionar res de ningú, pensa, però tot i així ho fa perquè ell bàsicament el que fa és dissimular, i que ell estigui ara repartint la seva droga als seus amics fa veure que és una anècdota perquè ell en realitat és un bon marit, un bon pare, un professional que no surt gairebé mai i que si ho fa mira sempre el mòbil per si hi ha una cosa important i que per descomptat no es droga. Bé, només en les grans ocasions com ara, tio, Àlex, per recordar els vells temps. Jo ja no faig aquelles coses.

Però que bé que ho passàvem, oi?, que bèsties que érem, quan vam deixar de veure'ns tan sovint?, perquè arribàvem a sortir quatre nits seguides, jo ara ja no surto pràcticament, entre els nens i la feina no dono per més, sí, sí, hahaha, semblo un altre! Eh, per cert, Àlex, la Clara està ben bona, cabró, vas de debò amb ella?, i amb l'Helena què, doncs?, et separaràs d'ella? Déu-n'hi-do, quin merder, no, no, ara no vagis a buscar-la, segur que rep el teu whatsapp i ens espera allà on estàvem, a més, potser està venint, que hem dit que si ens perdíem quedàvem aquí, sota la pantalla de la dreta de l'escenari principal, vindrà segur, tio, si marxes ara és un pal, si no ara quan acabi aquest concert anem tots junts fins a la barra on l'hem perdut, caaaaaalma, vinga, va, pren-te això, segur que no es mou d'allà, t'ha ben pillat, eh, cabronàs!, hahaha, jo no he tingut mai ous de deixar la Diana.

14

L'Àlex sí que s'ho ha plantejat amb l'Helena, de separar-se. Vuit anys junts. Vuit de quaranta. Des dels trenta-dos. L'Àlex sempre ho calcula tot: l'Helena és el vint per cent de la meva vida, i si ho miro des de la meva primera nòvia, als quinze, l'Helena és el trenta-dos per cent de la meva vida sexual.

El seixanta-vuit per cent restant és una seqüència de petites històries amuntegades les unes amb les altres, gairebé tres quartes parts de la seva vida sexual són una successió de fracassos més o menys dolorosos que van anar covant l'ansietat de l'Àlex per aconseguir una parella estable. Després havia trobat l'Helena, havia desaparegut l'ansietat i van venir aquests vuit anys que ara li pesen. Però quina mandra canviar les coses és una frase que deixa anar de tant en tant entre sospirs.

Els anys li pesen sobretot des que van decidir buscar un fill. El refotut fill que no arriba, es lamenta l'Àlex sovint, perquè, potser, si arribés no tindria més remei que no prendre cap decisió respecte a l'Helena. Hauria de quedar-se amb ella, es diu, i fer de pare i no se'n parli més i superar això que tens, Àlex, que potser només és la crisi dels quaranta, però i què, si ho és, perquè això és seriós, això no m'ha passat mai abans: estar pendent tot el puto dia del mòbil a veure si la Clara m'ha escrit, si ha penjat alguna cosa a xarxes socials, inventar-me qualsevol excusa barata, jo què sé, tipus quin fred que fot avui, eh, com et va el dia?, tinc una reunió important, no sé, un com es deia el teu gat?, se m'ha desfet la vora dels pantalons, seria capaç de dir-li, per al final només fer notar simplement que hola, estic pensant en tu. Crec que se'm nota que no hi ha manera que me la tregui del cap. Ja m'és igual que se'm noti, quina borratxera mental de Clara déumeu.

Que mona quan diu que soc un fabricant d'il·lusions. I que bona que està, joder. A veure, qui, qui d'aquí seria capaç de deixar-la escapar? Va, home. Ningú. S'ha de ser imbècil per deixar-la escapar. A més, que el que ens ha passat és especial. Ella sent el mateix, diria. Té aquest punt de reservada que no saps, però diria que està igual. Si no no hauria vingut a París. La meva primera il·lusió fabricada i consumada. Que bojos... però, esclar, i ara què? Quin merder més gran i un punt de mandra, tot aquest terrabastall. Jo em faig el valent davant d'ella, que l'amor ha triomfat i tal, pretenc sobretot que no se m'escapi, però quin merder més absolut. Estic dinant uns macarrons boníssims, li he arribat a enviar sense dir ni hola. I ella plora de riure amb emoticones i em diu ara no puc escriure't.

I ella ha deixat el Lu per estar amb mi? Feia pinta de bon paio, el Lu, però què hi feia la Clara amb un tio com el Lu?? Vull dir que fa més per mi, la Clara. Jo vull la Clara al meu costat, vaja. Que la vull jo, però, glups, quina por separar-me i canviar-ho tot de cop. La Clara es pensa que està tot més avançat.

Que mona a París amb aquella boina de llana.

Allà sí que fotia fred de veritat, i ella deia que també teníem una mica de fred per dins. Ella les diu, aquestes coses. Glaçats d'estar allà, de ser capaços d'estar allà. *Les imposteurs*, ens havia batejat ella. Un viatge de feina, havia dit. Jo no sé com li diré a l'Helena que s'ha acabat.

I hauré de marxar de casa, esclar. I on aniré? Hauria de buscar-me un pis, esclar. Però ja amb la Clara? Joder, que complicat, no li veig el final. Perquè és evident que la cosa amb l'Helena no és el que era, però tampoc n'hi ha per deixar-ho estar, potser. I més en aquest moment del refotut fill que no arriba. Però i si és un senyal justament? Deixa't estar de senyals, el que fa és una mandra terrible ara tot el merder aquest. Però em sento viu, collons! Hey, man, now you're really living.[13] Si no de què París, de què portar-la aquí al festival, de què presentar-la als meus amics, tot i que aquests amics són poc compromís perquè feia anys que no ens vèiem, però igualment. Provar de ser parella amb ella. Total per perdre-la a la primera de canvi.

El whatsapp continua intentant connectar. Ei, Diego, tio, anem ja? Fa molta estona que l'hem perdut, no, és que segur que no ens trobarà, ella s'atabala molt amb les multituds i tampoc coneix el recinte del festival, que no, que no m'atabalo, que no, que encara vaig bé. Però ara que ho diu ja té aquell formigueig a les cames. Ja van soles seguint el ritme de la música, pam-piripam-pampam, piripam-pampam, pum, pam, piripam-pampam. Ja està entrant en el túnel estret de les notes secundàries. Ell va seguint ja només el ritme de les notes que van per darrere de les principals. No en sap, de música, però ara els seus peus estan seguint la bateria. Hey, man, now you're really living. Dels peus al cap, ho sap, el camí és curtíssim: hem d'anar ja a buscar la Clara.

Miro el Sebas perquè el Diego ja sé què em respondrà i el Sebas és, en fi, és més bon tio i, a més, sempre aprofita totes les oportunitats que li dono per fer quedar el Diego en minoria. De tots tres, el Sebas sempre és el que ha pillat més, i això no canviarà ara. O sigui: les dinàmiques dels grups no canvien, poden passar mil anys i canviar radicalment les nostres vides que quan el grup torna a reunir-se els rols continuen sent exactament els mateixos. El líder continua sent el líder i el pringat continua sent el pringat. I els del mig treballem justament perquè això no canviï mai, amb l'única diferència de sentir-nos una mica més miserables que quan érem més joves i inconscients. Així que el Sebas ha pillat sempre i ja està. De sempre és a qui li passen totes les coses: quedar-se tirat amb el seu Ford Fiesta de vint anys, una tartana que sistemàticament s'espatllava, tant que ningú volia anar amb ell en cotxe. Jo passo, rèiem. Quedem allà, si hi arribes. Quedem dins!, li dèiem directament. En trobar-nos i saludar-nos el Diego l'agafava del braç i li deia, tio, per no tenir direcció assistida al cotxe no estàs gaire fort. Pels seus aniversaris li regalàvem cassets antics que encara conservàvem a casa els pares i una vegada que havíem de baixar al festival el Diego li va comprar un ventilador portàtil perquè sostenia que aquell cotxe no podia tenir aire condicionat. Un malparit, el Diego, ben mirat, però el Sebas encara ho jugava prou bé. També hi havia moments en què s'emprenyava, cosa que encara donava més corda al to burleta del Diego.

Hi va haver un temps, després de les primeres feines un cop acabada la universitat, quan la cosa ja comença a posar-se seriosa, que el Diego el picava molt. El Sebas va estudiar Comunicació Audiovisual perquè és un enamorat del cinema. Ell vol ser o volia ser, no ho sé, director de cinema: un Wim Wenders, aquest era el seu director preferit. No sé quants cops ens va voler fer veure *El cielo sobre Berlín*, un conyàs de pel·li, sincerament. En blanc i negre, anava d'uns àngels que només podien veure alguns berlinesos, un pal. Cap d'aquelles vegades que quedàvem a casa seva tots tres per afartar-nos de pizza, birra i maria vam aconseguir passar dels primers cinc minuts concentrats. Ell deia que fuméssim una mica més, que acabaríem entrant a la pel·lícula, lenta, lentíssima, pura poesia visual, deia ell, història del pensament, una metàfora de la vida!, però el resultat era completament l'invers. Ens ho posava molt fàcil que un dels protagonistes era el Peter Falk, el tinent Colombo, que aquí representava un àngel que es reencarnava. És un àngel caigut!, ho enteneu??, deia grandiloqüent el Sebas per fer-nos notar la poètica de la pel·lícula. Encara em fa riure la concatenació de barbaritats que vam arribar a dir del grandíssim Peter Falk i el seu ull de vidre: que si l'ull que li faltava l'havia perdut en la caiguda, que havia tingut una mala caiguda, pobre, que li havia costat un ull de la cara, que si es passava la pel·li buscant l'ull perdut per Berlín, tota una sèrie de burrades que ens costaven de dir entre les riallades, la falta d'aire i les llàgrimes. Quan aconseguíem asserenar-nos una mica el Diego sempre, absolutament sempre, ho reblava amb el «Solo una cosa más...», la mítica frase del tinent Colombo, per afegir alguna cosa que ja no podia afegir, morts de riure una altra vegada.

Doncs això, que el Sebas vol, o volia ser, no ho sé, un Wim Wenders o un Wong Kar-wai, aquest també li agradava molt. Era bastant d'extrems, o li agradaven molt les pel·lis on per mi no hi passava res o l'extrem contrari, les pel·lícules de Woody Allen on tot és dit, molt ben dit, eh. Ell sempre ha tingut alguna cosa de Woody Allen, de fet. O sigui, Woody Allen segur que també devia ser el que tenia el cotxe tartana del grup d'amics i a qui li passaven totes les coses. Es feia pesat, el Sebas, quan es posava del pal culturetes, un pallisses. Jo d'entrada me l'escoltava, però quan també hi havia el Diego la cosa no passava del primer minut. Compra't unes ulleres de pasta, va!, li etzibava. Fes-te jueu, com el Woody, a veure si trobes inspiració i fas una bona pel·lícula, potser només de posar-te una quipà ja t'arriba. I a mi tanta grolleria em feia petar de riure, perquè el tio s'ha de dir que té gràcia, però al Sebas cada cop n'hi feia menys perquè ens vam anar fent grans i la vida no li acabava de sortir com volia.

Hi va haver una època especialment sagnant en què va encadenar dues feines que ens van donar molt de joc. Una jo no sabia ni que existia: era guionista d'argumentaris de televenda. O sigui, ell era l'encarregat de donar l'argumentari als comercials que trucaven a casa per vendre't, per exemple, una pilota de goma per pressionar-la amb les mans que feia passar les angúnies i no sé què. Ell havia de deixar-los per escrit totes les respostes possibles, i a banda del sou de merda s'enduia un petitíssim tant per cent de les vendes. Òbviament això ens va donar per a molt durant tots aquells mesos. Però definitivament l'època més fosca va venir després, quan va entrar a treballar en el programa de televisió d'una tarotista que es feia dir Vidente Clara, on havia d'escriure el contingut de les trucades falses que farcien el programa mentre no n'hi havia de reals. Seu és el sobrenom que va fer fortuna, com a mínim entre nosaltres, de «Vidente Clara, la tarotista clarividente». Gravàvem el programa i ens el posàvem els dies de pizza, birra, maria i la coca que havia començat a portar el Diego. Rèiem perquè les històries de les trucades que ell havia guionat cada vegada eren més fosques, més tèrboles, i a la Vidente Clara només li quedava dir el que l'espectador no volia, o volia, perquè mai saps el què amb els espectadors dels programes del tarot, que era dir-li mucho ánimo, cariño, todo pasa.

No sé si s'ho deia a ell mateix, el Sebas, mucho ánimo, cariño, todo pasa, quan ho escrivia al guió.

Joder, que bé que ens ho hem passat junts, amb ningú més he rigut tant. I per què no ens veiem més, joder!, com és que ha passat tant de temps?? Els agafo pel clatell i us estimo, hòstia! Sento eufòria a les venes, alguna cosa comença a fer el seu efecte. El Diego riu com el pare que et veu a venir, aquí és on et volia tenir, diu, i s'escapoleix com una sargantana, mentre el Sebas deixa durar l'abraçada una mica més somrient amb el seu porro entre els llavis. Va, anem a buscar la

Clara, diu, d'acord, d'acord, d'acord però amb una mica d'això, diu com donant-se per vençut el Diego i posant-se una mica de cocaïna directament al palmell de la mà. El Diego sempre guanya.

15

«Vidente Clara, la tarotista clarividente». Allò m'ho vaig inventar per lligar amb ella, bàsicament. Amb la Julieta. Tan guapa, tan inabastable. Jo ho sabia, Sebas, tio, aquesta noia no fa per tu, no, tu no fas per aquesta noia. Però a ella li agradava riure i jo podia fer-la riure. Era el camí més curt cap a ella, i el meu enamorament incipient m'aguditzava l'enginy per aconseguir-ho. N'estava absolutament penjat, d'aquella manera com li tibava la pell quan reia. Se li feien dues galtes rodones sota els ulls, als extrems de la cara, i se li eixamplava una mica el nas, que feia una forma de triangle isòsceles perfecte i que em tenia absolutament fascinat. El nas de la Julieta. Era l'inici d'una quadratura perfecta. No podia treure els ulls de com se li replegava el llavi de dalt sota aquell nas quan somreia i descobria les dues dents frontals lleugerament separades. I mentre ella reia així per algun comentari meu calculat, estudiat, premeditat, la tarotista clarividente, jo arribava a l'èxtasi amb la meva cara de capullo de quin riure fantàstic que té la Julieta i gaudia el moment, que hauria pagat amb la vida per poder veure a càmera lenta i en mode loop: com l'aire sortia a batzegades d'aquell cos, com segur que s'escolava a pressió entre les dues dents, com se li formaven les galtes rodones a l'extrem de la cara i com li pressionaven els ulls, que se li tancaven allargassats durant el riure mentre tirava el cap lleugerament enrere. La seqüència és perfecta i no l'has escrita tu a cap guió, Sebas.

Feia que les treia espontàniament, les bromes. Això et dona una aura de ment ràpida i aguda, Sebas, que crec que la Julieta admirava de mi. Crec que li agradava de mi, això. Que això és el que li va agradar de mi, no com ella a mi, que em va agradar des del principi. Beneït el primer dia de classe a la facultat quan el professor Acosta va dir amb aquell accent argentí tan solemne i d'esses llargues «pónganse en gruposs de a doss. Sha sé que no han tenido tieempo de conosseersse, esso es justo lo que máss me interessa de este ejerssissio. Muchachoss, búsquensse una pareja de trabajo». Jo havia entrat just de temps a classe amb tota la intenció, per no tenir uns minuts morts sense saber què dir als que a partir d'aquell moment serien els meus companys universitaris. M'havia assegut estratègicament darrere l'última filera de cadires ocupades, així que no tenia ningú al costat ni tres cadires més enllà. Era el típic penjat de l'última fila, sempre arrepapat a la cadira i que mai mira frontalment endavant. Vaig mirar a dreta i esquerra per reflex, com feien els clatells que tenia al davant, però a banda i banda hi havia exactament ningú. Començava a lamentar-me veient com els altres s'anaven aparellant quan vaig notar el seu dit a l'espatlla. Ei, hola, va dir ensenyant-me aquell forat descarat entre les dents. Anem junts? Jo també estic sola. Des d'aquell moment, ja no me'n vaig separar. Què podria ser millor que estar sempre junts?[14]

I pigues. Diria que tenia pigues. Jo la recordo amb pigues, però és que fa tant de temps, Julieta.

16

Ja fa una estona que camino pel recinte del festival i ja sé que així, caminant sense saber, no trobaré l'Àlex i els altres. Hi ha massa gent, és massa gran. Però no em sento sola, és com una petita transgressió i trepitjo el terra amb compte. A un festival un no hi va sol, ningú camina sol per aquí, com jo ara. I si ho fan van decidits cap a algun lloc a trobar-se amb algú. Jo ja no sé si estic buscant l'Àlex o què, perquè vaig seguint un grup de noies que ja he decidit que són una mica més joves que jo. Potser només ho sembla, però van molt despreocupades, han de ser més joves. M'impressiono a mi mateixa associant semblar despreocupat amb ser més jove que jo, però és que cap d'elles sembla tenir un núvol negre que les persegueixi, vull dir que no sembla que tinguin problemes o que hi hagi cap motiu pel qual es facin cap retret. Segurament en deuen tenir, esclar, tothom en té, Clara, segur, però el que és segur del tot és que jo sento enveja de no intuir cap dels seus núvols negres. I per això les veig més joves i per això crec que he començat a seguir-les. Em recorden a nosaltres quan sortíem de l'escola, les de lletres. No deixàvem que ningú veiés les nostres inseguretats. Érem delicadament fortes, aleshores, i sortíem envalentides amb el cap ple de noves idees i noves belleses i nostàlgies que encara no havíem viscut i que cap dels nostres companys podia intuir. Perquè ni els del batxillerat científic sabien encara amb tanta exactitud com nosaltres com era una mort per enverinament, els efectes de l'arsènic en el cos de l'Emma,[15] ni tampoc els efectes de l'amor i la culpa i el penediment al cap i a la pell, però que tan difícil és ser Emma com Penèlope,[16] ni tampoc sabien encara que cap fórmula matemàtica revelaria tan clarament que no tornaríem a ser joves i que envellir, morir, era l'únic argument de l'obra[17] i que Julien Sorel,[18] al capdavall, això ho tenia ben clar i només buscava passar aquests quatre dies de la millor manera possible. Tot això ho sabíem, les de lletres, nosaltres als disset anys, i així, entre lectures i versos lliures i assonants, travessant els segles a través de les lletres, la vida ens inoculava la passió i ens il·luminava alguns riscos que no sabíem valorar encara. Que l'ímpetu de la joventut passa i després es veuen més clars els fracassos més o menys discrets. Jo soc impetuosa i vehement. O ho he estat fins ara, perquè ara hi ha una Clara amb un hiperdesenvolupat sentit de la prudència bastant mal portat. Esclar, és artificial, domesticat en ser conscient de la tendència a la no prudència, que soc un sac d'emocions i d'impulsos. «Yo vine a llevarme la vida por delante», ressona Gil de Biedma, ara mateix. I amb ella, també m'hi he endut el Lu. M'ha fet gran el penediment, resoldre tan malament la nostra relació, deixar-li ferides que no sé si es curaran, no sentir-me orgullosa de París, on vaig tocar el cel de manera inconscient, que encara em cremi l'infern del dia que l'Àlex i jo vam estar a punt de ser descoberts al bar L'Electricitat. No sentir-me en pau, tot i haver actuat només per amor. Però d'algun lloc ha de venir que la paraula sentiment vingui de sentir i que s'assembli tant a sentit. A donar sentit. A donar sentit a la vida. L'Àlex, que no sé on para. I aquestes noies que em recorden a nosaltres i que s'han adonat que les segueixo i m'acaben d'acollir perquè cantava que les estava seguint i canta que estic sola i penjada aquí enmig, he perdut els meus amics, dic per dir alguna cosa. I hola, hola, hola!, que fàcil que semblen la vida i les relacions personals amb música de fons, fang a les sabates, cervesa i algun porro a la sang. Es fa més fàcil amagar-se darrere el somriure i gairebé desaparèixer i que sigui l'altra Clara, la Clara dibuixada que veuen els altres, qui actuï sense cotilles.

Explico que soc de Barcelona i que vaig amb un grup d'amics però que, de fet, només en conec un, l'Àlex, el meu xicot, pregunten. Sí. Cap d'elles em pregunta si és que no tinc bateria al mòbil o què, i jo no comprovo si el whatsapp ja funciona. La idea em passa pel cap però em diuen que si jo també vull un mini, que van a demanar beguda a la barra. Esclar, sí, un altre mini, perfecte, un altre litre de cervesa com qui parla d'un litre d'aigua. I la conversa segueix a bon ritme, que si elles són de Madrid, pues no sufras, tú te vienes con nosotras, ahora vamos a Silencio, eh. Silencio, penso. Silenci aquí, que per sentir-te has de cridar una mica, però d'acord, sí, vamos a Silencio. Tot el que no passa a la vida normal pot passar en un festival, sempre diu l'Àlex. I sí, perquè m'arriba el mini de cervesa a les mans i comencem a caminar de seguida cap a Silencio. Em passa pel cap mirar el mòbil, però tinc les dues mans ocupades agafant l'enorme got de plàstic ple de cervesa i em fa cosa demanar-los que me l'aguantin un moment per comprovar si el meu xicot m'està buscant perquè ara ja ha passat que vaig amb elles i n'estan encantades i m'han convidat al mini i no paren de preguntar-me que què faig a la vida i les converses es creuen i són molt ràpides i plenes de riures perquè tampoc és el moment d'explicar-nos les vides aquí, enmig d'un festival, caminant cap a Silencio, i a mi em fa cosa ser ara una aixafaguitarres amb aquestes noies tan divertides i simpàtiques que m'han acollit sense manies i que em recorden tant a nosaltres i que no tinc ni idea de qui són però que decideixo que són més joves que jo perquè no sembla que les persegueixi cap núvol negre. No, jo no seria capaç ara de dir ei, gràcies, que m'espera el meu nòvio i merci per la birra i per l'acollida i tal, em costa molt ser descortesa i, bé, és que ara també tinc curiositat per saber què és Silencio, per com en parlen ha d'estar molt bé i tinc ganes de veure-ho, quan arribem allà miro el mòbil i li dic a l'Àlex que soc a Silencio i ja està. ¿Quieres una calada?

17

Silencio.

L'instant precís de plaer en què només hi ha silenci.

La distinció de l'albada quan hi ha coses que només les veus tu.

La fragilitat que només en un segon, un lladruc d'un gos, una estossegada, una alarma, el soroll de la màquina de cafè, les veus dels nens que es desperten, la cadena del lavabo, pot tornar-se vulgar.

La sensació de retenir el temps a les meves mans. Només per a mi.

L'abisme quan saps que ningú sap que soc aquí.

El prec que demana no molesteu, sisplau. No us desperteu, no truqueu, no respireu.

No me'l robeu.

Que ningú sàpiga que soc aquí.

Silenci.

Silencio és una pista d'autos de xoc, però sense els cotxes. Hi ha la pista, hi ha el sostre, hi ha els llums escandalosos habituals, però en lloc de cotxes hi ha persones. Un centenar de persones que ballen el silenci, perquè aquí no sona música. Persones que semblen endimoniades, posseïdes, arravatades, folles. Felices? Contorsionisme del cos en silenci i en solitud acompanyada. Totes porten uns grans auriculars al cap, i és per allà que senten la música i és per allà que queden connectades a les altres persones, i és per allà que des de fora són una comunitat de cossos electrificats ballant en silenci el silenci.

Vull uns auriculars.

Faig la cua hipnotitzada per l'espectacle. Les madrilenyes parlen, segueixen esverades, circula un altre porro. Els diria callad, però tot i el seu xivarri l'espectacle m'abdueix. És més grotesc, no, grotesc no, bell, veure els espasmes de la gent que balla al ritme del bla, bla, bla d'aquestes noies. L'escena no té cap sentit però l'espectacle és fantàstic, em fascina, molts d'ells ballen amb els ulls tancats una música que no sento, i somriuen i somric de l'enveja que em fan. Balla com si ningú t'estigués mirant. Reclou-te, tanca els ulls, sent la música, i finalment expandeix-te, balla com si el món s'estigués ensorrant fora de la pista. I ara deu sonar la tornada de la cançó perquè tots els cossos han fet un moviment més fort, alguns salten, es miren, somriuen, veig un wow dibuixat en una cara, tots completament aliens al bla bla bla i les mirades de fora.

Em toca. Em poso els auriculars amb certa urgència per entrar en l'espai no físic on són aquests que ballen. Sona «A veces ni eso» de La Bien Querida. Començo tímida i tanco els ulls per oblidar que fa uns moments ho veia tot des de fora, per oblidar que algú que em miri pensarà que soc folla, i perquè em fa una mica de vergonya, així, d'entrada, posar-me a ballar. La immersió comença a poc a poc, primer només escolto la música, que m'encapsula completament. A poc a poc començo a sentir-la, i també apareix el so interior de la meva respiració. Passen uns segons més i ja deixo de moure'm pensant en com em moc. Flueixo i completo la immersió. Amb molta cura i amb por de quedar expulsada d'aquest no-lloc que es diu Silencio obro els ulls lentament. Per saber on soc.

Al meu voltant, tot de cossos sinuosos. Silenciosos. Només La Bien Querida.

Y yo
aquí haciendo eses
aquí haciendo eses
de amor con las caderas.

I una noia que em somriu i vocalitza un «hola» que no ha sonat enlloc. Noto que se'm tensionen les comissures dels llavis, esbosso un somriure. L'hi torno, però l'ho– se'm queda dins i només vocalitzo –la. Ningú sap que soc aquí, crido per dins. Se m'escapa del tot el somriure i la música em recorre esquena amunt fins als follicles de cada cabell.

Pell de gallina.

I si no surto d'aquí en tota la nit?

18

A aquesta hora el Diego ja sap que perdrà el control en algun moment. Ho sap perquè l'ha començat a perdre i perquè aquest camí ja l'ha fet molts cops. Ho sap perquè intueix sota els seus peus la ratlla blanca i nítida que separa el control del descontrol, i ara la ratlla la té al dors de la mà i hi veu, s'ho imagina, que té un peu a cada banda de la ratlla. L'últim moment de control, el primer instant de descontrol. L'últim feix de llum abans que la pantalla vagi a negre. Que sigui el que Déu vulgui, esnifa i adeu.

La seva dosi diària no inclou música, perquè ell ja no surt de festa, ell ja no les fa aquestes coses, així que la droga per ell és contenció, és alerta, és concentració. No es deixa dispersar. La droga canalitza el dubte, la inseguretat, les pors i la seva pròpia dispersió, és el que el posa a punt per seguir. No s'abandona mai, ell, el Diego ja no les fa, aquestes coses. Però sap que al festival el control està perdut perquè només hi ha un imperatiu: deixar-se anar. I perquè vol deixar-se anar. D'aquí una estona sap que deixarà de mirar el mòbil compulsivament com s'ha acostumat a fer per no perdre cap missatge, cap avís, cap requeriment de la seva dona. I quan això passi el Diego sap que tornarà a ser el Diego, el mateix per dins i per fora. Una màquina desbrossadora de tot el que s'interposa en el seu camí. I també en els camins dels altres. Perquè arriba un punt que el Diego no distingeix el que és complicat del que és simple, no distingeix el que fa riure del que fa mal. Arriba un punt en què el Diego bloqueja els sentits que sempre té alerta perquè no sembli que. L'esforç per saber estar en aquest món domesticat és ingent, però la trena de música, amics i drogues el fan el salvatge que és de mena.

Estigues atent, Sebas, potser la Julieta ha continuat venint cada any i te la trobes de cara vuit anys després, va vomitar-li amb les amarres deixades anar, les comportes obertes de bat a bat i les alarmes anul·lades. A partir d'aquell moment el Diego era imparable. Implacable. Impresentable. L'imbècil que havia estat sempre, però que amb els anys s'havia proposat ordenadament, calculadament que no semblés que.

Sempre ha sabut que la bèstia hi ha un dia que es desperta i per això sent un calfred de plaer al clatell quan de cua d'ull veu com l'Àlex toca el braç del Sebas com dient-li, quiet, deixa'l estar, no te'l prenguis seriosament. El commou conservar intacta la seva capacitat de fotre el Sebas, de qui mai ha suportat la facilitat per adaptar-se a la renúncia, el seu poc esperit combatiu, el seu poc pit i collons, aquella suposada sensibilitat d'home llegit, aquella masculinitat de mans enfonsades a les butxaques dels pantalons.

No us ha fet gràcia o què?, burxa afamat. Tants anys després no em direu que continueu pensant en la sonada de la Julieta, no? Sebas... Sebas!, estimat amic, li xiuxiueja posant-li les mans a les galtes, estampant el seu alè, depredador, no n'estaràs enamorat encara, oi? Puc dir-te el que vulguis, però tu ja ho saps, oi?, tu ho has sabut tot aquest temps,[19] oi, que la Julieta no era cap santa? El Sebas es remou, dolgut, puta d'oros, Diego, estàs penjat, li etziba mentre l'Àlex agafa el Diego per l'espatlla i li diu, vinga, va, anem a comprar aigua, que comences a anar fatal. Tio, li diu unes passes després, com et passes amb el Sebas. No remenis el tema Julieta o s'acaba la festa. Recorda l'últim cop.

19

2010

Potser hauríem de trucar a la policia. El Sebas posa veu, per fi, al que pensa des de fa hores. Li fan mal els ulls, li fa mal el cos, però en pronunciar la paraula policia per fi se li desinfla el pit. Pràcticament no ha dormit en dos dies i torna a ser de matinada. Dues matinades senceres des de l'última que van veure la Julieta. Diu policia i exhala.

El següent és el Diego exaltat, agafant-lo de la camisa i dient-li que si s'ha tornat boig. Què els vols explicar? Que la teva amiga s'ha esfumat? Que no en saps res? Que la vas deixar drogada amb un tio que feia pudor enmig d'un after? Que tu també anaves fins a les celles de no saps què? Que no recordes res? O li voldràs explicar que la vas enverinar tu? Que tu li vas donar la droga? Li voldràs explicar que jo te la vaig donar? Que la duia jo?

L'empeny amb menyspreu.

La Julieta se n'ha anat perquè ha volgut i punt! No tenim res a explicar a la policia. Res de res! És grandeta, com tu i com jo. I és rareta, no m'estranyaria gens que estigui passant-s'ho bé amb qualsevol mentre aquí estem tots tres preocupant-nos i buscant-la. Sí, Sebas, sí, el més probable és que la Julieta s'estigui follant algú altre, saps, mentre tu fas el ploricó d'aquesta manera insuportable.

El Sebas s'espolsa el fàstic com pot i la possibilitat que la Julieta estigui bé no el reconforta. Per què voldria la Julieta desaparèixer, tancar el mòbil, no saber res d'ells. No saber res d'ell. Que no pensava que la buscarien, que es preocuparien? Que es preocuparia. Enfonsa les mans a les butxaques dels pantalons. Al de la dreta, el dit índex busca com un autòmat el forat que es fa sempre a tots els pantalons a base de furgar els nervis, la inquietud, el dubte vital permanent. El troba i hi fa passar el dit. Se sent alleugerit quan toca pell amb pell, la punta del dit acarona la pell de la cuixa. L'efecte és immediat: és un mariner lligat al pal amb l'arnès. Més segur, més reconfortat, menys volàtil, menys feble. Menys a punt de caure.

S'abstrau uns segons pensant que si un dia el troben mort i ja irreconeixible podran saber que és ell pel forat interior de la butxaca de la dreta dels pantalons. Podrien, perquè ningú sap aquest tic. O aquest TOC, com li diu, li deia, la Julieta. Ella és l'única que ho sap, ho sabia. Ho va descobrir perquè ella és, era, així. Aconsegueix, aconseguia, infiltrar-se amb naturalitat als racons secrets, sense estralls, amb encant. Sempre se li abraça, abraçava, per darrere, la Julieta, per fer-li pessigolles o pessigar-li la panxa. Ella és, era, així. Un dia, en lloc d'això va enfonsar les mans a les butxaques dels pantalons del Sebas i enmig de l'enrenou hormonal no es va adonar que el dit índex de la Julieta descobria el forat. El seu amagatall. Incapaç de destriar els senyals del seu cervell i la tensió dels nervis que li creuaven la medul·la espinal, no es va adonar de la descoberta fins que ella va dir què hi amagues en aquest forat, eh. I reia, i li tibava la pell de les galtes, i aquell nas isòsceles se li eixamplava i la simpatia se li escapava pel forat entre les dents.

És irresistible.

Era.

L'Àlex es mossega les ungles que li queden després de tres nits sense dormir. Podem tornar al magatzem d'ambulàncies i tornar a preguntar, diu, però això és petit, si li hagués passat alguna cosa al poble se sabria. Només queda l'opció que estigui bé, que hagi perdut el mòbil i que estigui al festival amb altra gent, buscant-nos també. És l'únic lloc on és lògic que no l'hàgim trobada, Sebas. El Sebas nota les bosses sota els ulls i que li tremola tot el cos, fins i tot el dit índex jugant a la cuixa.

S'agafa les mans. No vol tremolar, però tremola. Es diu no pensis que no vols tremolar, Sebas, que aleshores ja tremoles del tot. Li passa quan té ganes de plorar. És capaç d'empassar-se les llàgrimes fins que es diu, no, no, no, tio, Sebas, ara no pots plorar. I plora. Aquest curt diàleg amb ell mateix és el tret de sortida incontrolable per començar a somicar. Ets de tremolar fàcil, es diu per voler entendre's, però el moviment espasmòdic del cos és un altre cordó umbilical amb el record de la Julieta. Perquè tremolava quan li va fer el primer petó. Diria que va ser inesperat, però feia tant que l'esperava que ja no ho sap. Sap que havia fet una broma de les seves i que la Julieta l'hi va riure fent-li un petó. Sap que tremolava quan va tocar els seus llavis, quan després d'uns segons llargs va aixecar les mans per agafar-li la cara. Sap que la Julieta devia notar les mans poc segures i es maleeix per això. Sap que ni la seva barbeta, ni els seus llavis ni la seva llengua es movien convençudes. Sap que estava fet un flam, com ara. No, aquest record ara no, tio, ara no. I és com quan venen les llàgrimes, ara el record ho envaeix tot. Té gravats els frames d'aquell petó a la memòria, a la pell, i sap, recorda, que després d'uns segons o minuts va enfonsar el cap al sot del seu coll. Petit, arraulit. Massa petit, tio. Sigues un mascle, Sebas. També es maleeix per això, però és que va preferir escanejar la seva olor corporal, que el petó es gravés lent i precís a la seva memòria. Fins que ella es va posar a riure: estàs bé? Ella sempre es posava a riure. Davant de gairebé qualsevol situació, ella reia. Ella sempre alliberava el que fos per aquell forat insolent entre les dues dents. Riure era el seu forat a la butxaca dels pantalons. Ja podia ser per gràcia, por o nervis, tensió, incomoditat o alegria, ella sempre reia. I reia d'aquella manera irresistible que sempre he envejat tant. Envejava.

On collons ets.

On collons has estat des que et conec. Amiga estimada, estimada i amiga. Desitjada. Somiada. «Love me tender, love me true, all my dreams fulfilled», les notes sortien metal·litzades de la capseta de música que no va saber no comprar, que no va saber no donar-li un dia, poc després del petó tremolós. Massa petit, tio. Sigues un mascle. Però té, una tonteria. Ja l'obriràs, i tot seguit les mans a les butxaques i el dit al forat de la butxaca dreta del pantaló, tocant la pell, ja menys a punt de caure, el mariner amb l'arnès. «All my dreams fulfilled», pensava. Tot el que sentia en una capseta de música amb maneta i sense cap pista de la cançó que contenia. Va girar cua imaginant-la donant voltes a la maneta de la capseta convertida en llàntia meravellosa d'on apareixia l'Elvis cantant-li a cau d'orella «Love me tender, love me true, all my dreams fulfilled», un Elvis prim i mal pentinat, amb barba curta i desordenada, que era ell obrint-se en canal amb tota la seva tremolor. Devia somriure, ella. Ets un encant, li va escriure en un missatge que el va omplir d'eufòria, però que cinc minuts després el va omplir de buidor.

Unes setmanes després, el Diego es feia un porro, distret, taral·lejant el «Love me tender», l'«all my dreams fulfilled». Des de quan t'agrada l'Elvis, li havia dit. L'Elvis? No és l'Elvis el que m'agrada, va dir-li sense aixecar els ulls del porro. Hauria volgut donar-li un cop de puny a la cara, trencar-li el somriure, deixar-lo guenyo. Però ell no ho fa mai, això. No va afegir res més.

Ja apareixerà, diu ara el Diego.

20

Les madrilenyes em diuen que marxem. M'ho diuen amb gestos, que jo encara porto els auriculars posats. Em fan que anem, anem, amb les mans, i a mi és com si les mans m'extirpessin l'estómac. No vull marxar, però faig que em poso les mans als auriculars perquè no sé qui soc ni què faig aquí enmig d'estranys que ballen el silenci i elles són l'única referència. Me'ls hauria acabat traient, però una mà, per darrere, es posa sobre la corba de la meva espatlla. Em giro tot i el risc de perdre de vista les madrilenyes i quedar-me sola una altra vegada en ple festival, però no m'ho penso gaire perquè tot el cos em diu que em quedi aquí. Aquí floto d'una manera molt peculiar.[20]

La noia que no té veu, la de l'hola que abans no ha sonat enlloc, retira la mà de la corba de la meva espatlla amb un somriure triangular a la boca. No és un somriure tibant, és un somriure de no estaràs enlloc millor que aquí, bonica. No sé qui és, ni tan sols sé com sona la seva veu fora d'aquest món a part que canto i ballo i que em recorre l'espina dorsal. M'ofereix la cervesa, i amb el got als llavis em giro per saber què ha passat al meu darrere.

Les madrilenyes ja no hi són.

Miro el mòbil.

No tinc cobertura.

Silenci.

Bec de la cervesa de la noia de somriure en forma de parèntesi panxa enlaire.

Silencio.

Ara i aquí.

Tot ho vols ara i aquí, sempre m'havia sentit a casa. Paciència, em sentia dir cada dia. Paciència. Vaig arribar a odiar aquesta paraula. La seva sonoritat, la panxa que fa a les síl·labes centrals. També el significat, una camisa de força cada vegada que sentia Paciència. I com qui la porta i se la vol treure de qualsevol manera és com he fet algunes coses a la vida.

El Lu me'l vaig espolsar així, de cop i volta. S'ha acabat. Marxo de casa i ja no hi vaig dormir mai més. Mai més. Ja no hi havia res més a dir. Havia arribat a aquell dia després de sumar-ne molts en què res no es movia. Dies que érem desconeguts. Desconeguts massa coneguts. Dies que eren una gàbia. Dies en què només se sentia el zum-zum del silenci quan no hi ha res. Quan no queda res. Em va doldre que es fes el sorprès i aquella mirada que em va clavar. Que encara porto clavada.

No és veritat que no sabéssim tots dos que la relació no funcionava. M'ho repeteixo com un mantra, ho repeteixo a les persones a qui vaig explicant que ja no dormo a casa, m'ho repeteixo quan em pentino davant el mirall per veure'm millor, perquè aquella mirada que em va clavar em fa lletja. Feia mesos que ho intentàvem i feia mesos que ja no sabíem on anàvem. No és veritat que l'hagi deixat amb un pam de nas. No és veritat que l'hagi abandonat.

És veritat que cada dia discutíem més, que

cada dia ens tombàvem cap a l'extrem contrari del llit més d'hora. Ja ens hi posàvem així, a dormir, cada un de cara al seu tros de paret, d'esquena als problemes. És veritat que el forat entre els dos cossos era tan gran que aquell hivern el fred passava per sota els llençols i que jo vaig començar a posar-me la camisa del pijama per dins els pantalons perquè m'entrava el fred. És veritat que si ens despertàvem d'hora dissimulàvem fins que sonava el despertador. És veritat que feia setmanes que no havíem tornat a parlar de nosaltres, però és que era parlar de res. Mirar-nos als ulls i no dir res, trobar-hi el no-res que érem quan no existíem com a parella, tornar al moment anterior a conèixer-nos, desaparèixer i tornar a ser un. Continuar recollint la taula del sopar en silenci, entre el dringar eixordador dels plats picant l'un amb l'altre en posar-los al rentaplats.

No és veritat que ho tingués pensat de feia setmanes, no és veritat que ho tingués tot calculat. No, no, no. Si recollir les coses de casa va ser un drama sense ordre ni projecte, un examen forense i lacrimogen de la nostra relació de precisió mil·limètrica, un debat filosòfic amb cada objecte que des d'aquell precís moment es convertia en un record de. Com la col·lecció d'àlbums de fotos dels nostres viatges i caps de setmana. Quants viatges i caps de setmana, tu. I quina fal·lera per fer àlbums. No oblidar, no oblidar, no oblidar, aquesta obsessió per deixar constància de tot per no oblidar mai. Textos i fotografies, pistes de la meva biografia per tot arreu, pistes inculpatòries, també. Documentar-ho tot per si mai, no sé, per si mai penso que m'ha passat la vida en va, tenir l'acta notarial que em recordi que potser ho he oblidat, però que no. Que he viscut.

No és veritat que no l'hagi estimat. Ningú fa tants àlbums de fotos de la parella, amb la parella, si no és que estima de debò, Lu. A qui li interessa la ganyota que feies menjant-te un entrepà de tres pisos en un carrer que jo sé que era de Berlín però que podria ser qualsevol altra ciutat, o aquella que estàs enfilat a l'escala per matar una mosca punyetera amb el davantal posat i sense samarreta, o aquella que et vaig fer quan et vas quedar clapat al ferri de Mallorca. No són fotos dels nostres viatges, en realitat, són fotos de tu, de tu vist per mi, de la gràcia infinita que em feia la mania que tens a les mosques punyeteres, o de com et poses quan tens gana o son, que has de menjar i dormir o malament. Si no hagués estat veritat, tot això no m'hauria semblat retratable, Lu.

No és veritat que no l'hagi estimat perquè en aquests tres anys llargs he documentat àmpliament la nostra història pensant a ensenyar-la a uns fills i a uns nets que no tindrem, Lu, però que he imaginat en algun moment. La frase és forta, em maleeixo. Però és que no és veritat que no l'hagi estimat. El que no sé és què faré jo ara amb aquests àlbums que em tira pel cap com qui diu no ha valgut la pena, com qui diu quin gran engany. Serà estrany ensenyar-los un dia als nets, mireu, tota aquesta col·lecció d'àlbums d'aquí són d'una vida d'abans de vosaltres, no, no, aquest no és pas el vostre avi de jove, l'avi no ha dut mai bigoti i no sé si era tan guapo.

No és veritat que no l'he estimat. En tinc totes les proves.

És veritat que el vaig acabar enganyant. És veritat. Sí.

Fins al dia abans m'hauria jugat perdre els braços, que m'extirpessin un ronyó sense anestèsia, que em fiquessin escuradents sota les ungles que jo era incapaç d'enganyar-lo. Jo és que no ho entenc, havia proclamat amb el pit inflat sempre que m'explicaven alguna infidelitat. Doncs deixa'l abans, no? La gent, tu.

La vida, tu.

Des de petita que no se'm notaven les costelles.

Va ser un mes. Un mes i una mica més, potser. Se m'ha escurçat el temps de totes aquelles setmanes. El món girava més ràpid. La meva vida es va precipitar. Les meves vides, per ser més exactes, amb un sol cor. Dues vides. El plural davant el singular.

21

Durant els últims mesos de la relació amb el Lu patia insomni. Aquell dia, a les sis vaig decidir llevar-me. Vaig anar cap a la cuina, se sentia l'aigua de la dutxa que baixava del veí de dalt. Em vaig fer un cafè i me'l vaig prendre asseguda a la barra. Hi havia la cartera i les claus del cotxe que el Lu sempre deixava dins el bol de la fruita. Era igual que cada dia li digués que no ho deixés allà, al costat del menjar. Vaig notar que aquest cop no m'irritava. No recordo quan va decaure la conversa ni el punt en què alguna cosa va canviar.[21] El cafè se'm va posar fatal, però em vaig trobar a gust amb aquell malestar. Vaig ser molt conscient del meu aspecte millorable, els cabells esbullats, la pell seca, la corba tensionada de l'esquena. L'estómac patia ara com patia tota jo. Les costelles ja havien començat a aparèixer. L'estómac va cruixir.

Quan es llevés li diria Lu, ho hem de deixar estar. Li diria què et sembla si ho deixem, Lu, això no ens porta enlloc. Intentaria apuntar al seu cinquanta per cent de responsabilitat de la relació amb un és evident que no estem bé, que això no ens porta enlloc. No li diria que he conegut l'Àlex, esclar, Lu, perquè això és una derivada causal i casual del fet que tu i jo ja no estem bé. No, que és irrecuperable. Que ja anem tard. Li diria necessito espai, necessito pensar què vull, perquè segur que ell està igual, és evident, Lu, que tu també estàs igual. Oi? Fem-ho bé, agafem distància, tornem a començar. Qui sap si mai.

Repassava el catàleg de frases per deixar algú amb la mirada perduda sobre la cartera i les claus, i no sentia res.

La meva memòria sap trobar detalls imperceptibles del moment en què li vaig fer els dos primers petons a l'Àlex. A la galta, quan ens van presentar. Recordo que en el passatge estret que porta d'una galta a l'altra, passant per davant del seu nas i la seva boca, vaig xiuxiuejar Clara. I recordo pensar que no calia insistir amb el meu nom perquè algú acabava de dir us presento, Àlex, Clara, Clara, Àlex. No hi ha una mirada, un contacte visual que ho engega tot a rodar, no. Recordo una corpulència, un moviment, un gest vague, l'esquena, el clatell tocant el coll d'una samarreta de cotó, la barba i poca cosa més. Em vaig electrificar en un gorg estret fet de dos nassos i quatre llavis on només s'havien pronunciat cinc lletres i amb prou feines: Clara.

Em va entristir que el meu cap busqués refugiar-se en aquest record. Concentra't, Clara, pensa com l'hi diràs, d'avui no pot passar. No fumava, però vaig recordar que al calaix on guardàvem el paper de plata i els obridors hi teníem un paquet de tabac que algú va oblidar el dia de l'últim sopar a casa. No feia pas gaire, tot semblava alegria, aquell dia. Vaig encendre la cigarreta amb la clara intenció de sentir-me encara pitjor, absolutament incòmoda i a disgust per no deixar-ho estar ni un sol dia més. Sentir-me físicament malament, la buidor àcida de l'estómac i el regust metal·litzat a la boca, tocar terra, sentir-me molt desgraciada, sentir-me molt malament per dir d'avui no passa, Lu, ho hem de deixar estar.

No ho vaig veure clar immediatament després de conèixer l'Àlex, sinó uns dies després, quan ja tot es va precipitar. El primer dia va ser a la inauguració d'una exposició de dibuixos d'una amiga i no vam parlar fins ben entrada la nit. Clara, oi, m'has dit? Se n'ha adonat, ell també ha pensat que no calia dir-ho, em vaig maleir. Vaig evitar el contacte visual i vaig posar els ulls al punt on el cotó de la samarreta que duia li fregava la pell. Tinc una mica de dèria per aquest contacte frugal i íntim de la roba i la pell al coll. Allà és on comença el pendent vertiginós de l'esquena que no es veu, és alguna cosa semblant al vertigen, el que em provoca. En aquell moment voldria passar-hi el dit, per sota la vora del coll de la samarreta. Em vaig escurar la gola i li vaig dir que sí, que Clara. De què coneixes la Maria, em va preguntar. De l'escola, sí, la Maria ja pintava bé a l'escola. Vaig notar amb un atac de suor freda que se m'acabava la conversa. I tu?, vaig aconseguir fer espetegar a la boca. Ell era gros. Robust, diria. Però harmònic. No hi havia un treball gimnàstic darrere la seva corpulència. No sé per quina cantonada dels ulls el vaig repassar sencer mentre em responia la pregunta, vaig confiar que les meves ninetes s'haguessin comportat i s'haguessin quedat fixes en la zona ampla de la seva mirada, que no l'hagués repassat de manera descarada. Tot això pensava mentre ell acaba de parlar i calla. No l'he escoltat, no sé què ha dit, no sé què dir. Somric. Que bé, pronuncio, i expiro. Vaig a mirar una mica més. I me'n vaig. Miro de no caure mentre camino, podria caure, en aquell precís moment.

Tot això són flaixos que em venien al cap mentre passaven els minuts asseguda a la barra de la cuina. Deixava anar el fum de la cigarreta per la finestra de la cuina. El veí del davant havia encès el llum i ara es passejava en calçotets. Vaig notar una punxada. Aquest senyor que no conec de res però que ens ha donat tants moments de glòria per la finestra indiscreta de la nostra cuina ja no serà més el veí del davant. M'adono que faig un microdol pel veí del davant i em pregunto quantes altres coses petites i insignificants enyoraré, quantes coses s'acabaran quan pronunciï la frase Lu, ho hem de deixar estar. No, aquesta: Lu, no té sentit que ho allarguem més, o una altra d'aquest tipus, qualsevol. Com hem rigut amb el veí del davant, un Mr. Bean fatxendot que s'estava tres hores afaitant-se i gastava una ampolla d'ambientador cada cop que convidava una dona a sopar a casa i que, tret d'una vegada, sempre es llevava sol, amb l'altra meitat del llit sense desfer.

El dia de la galeria d'art vaig aconseguir arribar a l'altra cantonada de la sala sense caure. Estàs bé, bonica, m'havia dit la Maria, no sé com em devia veure. Vaig improvisar un m'agrada molt aquell dibuix que és tot una piscina blava amb caps amb barrets de colors que estan nedant, jugant, xipollejant a l'aigua, tenia una verborrea incontenible, felicitats, ets molt bona, t'ha vingut a veure algú important ja? La Maria va tota contenta a posar un gomet vermell al dibuix de la piscina i crida venut! Tota la sala es gira i l'ovaciona i m'aplaudeix per la nova adquisició. Una veu al meu darrere diu eh, te l'has quedat tu?, és el que més m'agrada. La veu encara no la conec, no la tinc arxivada dins el cap, però de cua d'ull arribo a captar la presència d'aquell cos que en fa dos o tres com el meu, o cinc o vint-i-cinc. Sento que riu i que la Maria li torna, pots comprar-ne qualsevol altre, mira si n'hi ha! La Maria em dona el paperet amb el meu número de reserva del dibuix per quan passi per caixa. L'escena és de tots tres, però jo no he dit res encara, així que pregunto t'agrada també el de la piscina? Ja em sap greu. Sí, me l'has robat, va dir saltant-se la distància entre dos desconeguts.

22

L'Àlex agafa el Diego de la samarreta mentre li diu tio, para, espera, que ens perdrem entre tanta gent, i encara no hem trobat la Clara. L'escenari de Radiohead i les barres on l'hem perdut són cap allà, anem, va, tio! Joder, Diego, què et passa? Quin quadre, tio, quins ulls fots, els tens completament negres, tio, tens dos pous, et trobes bé? No et deixo sol, no, no, però jo no en vull més, d'aquesta merda, no, no, que ja en tinc prou, què vols dir que ja estàs sol cada dia amb aquesta merda? No em diguis marica, tio, que això ja no es diu, ens fa vells, no en vull més i prou, tio, ei, què vols dir que ja estàs sol cada dia amb aquesta merda? Que no, que no et deixo sol, no, d'acord, sí, tranquil, no et deixo sol, però no t'entenc, què vols dir? Sí, ara comença aquí Radiohead, sí, joder i la Clara on deu ser, fa dies que parlem d'aquest concert, espera que la truco, no, no, no, no me'n donis més, d'aquesta merda, que no en vull, et dic, no, hòstia no la posis sobre el mòbil, joder, d'acord, merda, cabró, joder que fort que és això, aigua, aigua, tenim aigua? Uf, mare meva, quin verí, cabró, com està això, no en vull més, escolta, mira'm un moment, què has volgut dir abans que estàs sol cada dia amb aquesta merda, sí, sí, sí que ho vull saber, saps?, perquè jo sempre he pensat que et passaves, tio, que et passes amb la droga, sí, aquí sí, però has dit cada dia, i saps?, jo sempre he pensat que t'havia de dir alguna cosa, que anaves molt fort, dir-te frena, tio, no quedar-me en el jo passo, saps? Merda de tios que no ens diem les coses, això sempre m'ho diu la Clara, que som uns covards, sempre té raó, la Clara, la Clara, joder com puja això, l'Helena, què collons faig que no deixo l'Helena ja, joder, ara deixaria l'Helena, ara mateix la trucaria i la deixaria, la truco, no, no, ara no la truco, tens raó, no, truco la Clara, perdré la Clara, al final, Clara, joder, on coi t'has ficat? Tocaran «Creep» i no hi serà, tio, l'hauríem d'haver anat a buscar abans, com és que no agafa el puto mòbil, i la pasta, Diego, com ho fas?, drogar-se així cada dia és molta pasta, has anat al metge?, i la Diana ho sap?, i els nens?, que tens dos nens, Diego!, i la Diana, tio, que és molt bona tia, que tens molta sort, no la caguis, i des de quan estàs així, perquè això no es pot aguantar gaire temps, ho saps, oi?, saps que no pots enganyar gaire temps, has d'anar al metge, tio, sí, la festa final avui, segur, saps què?, que no et crec, no, no et crec perquè ets un mentider, saps?, sí, un puto mentider que es creu les seves pròpies mentides, i per què no has avisat mai abans? Em sento una merda, sempre m'he sentit bastant merda perquè mai m'he encarat a tu, saps?, tu també ets un merda, ho ets, tio, desperta't!, ho has estat sempre, la manera d'enfotre't del Sebas, tot allò de la Julieta, eh, què va passar, eh, què va passar?, la teva manera d'anar per la vida, saps què?, que sempre ho he pensat, que acabaries fatal, estàs fatal, acabaràs fatal, no soc un marica, ho tens clar?!, no soc cap marica, quantes ratlles et fots al dia, eh!, va, tingues pebrots, digue-m'ho, va, digue-ho en veu alta si tens pebrots, t'estàs enganyant a tu mateix, tio, ja se't veu, ja se't nota, tio, tot el dia impostat, han passat els anys però estàs igual, com sempre, tu sempre guanyes, oi, el Diego sempre guanya, oi, eh, eh, eh, no em toquis, tio, no em toquis que

When you were here before[22]

uoooh, «Creeeeep»! Comença!

Couldn't look you in the eye, You're just like an angel

joder, Claraaa!!!, on ets, collons,

Your skin makes me cry,

puto mòbil, joder, que bona que és, tio, subidón!!!

BUT I'M A CREEP, I'M A WEIRDO,
WHAT THE HELL I'M DOING HERE?
I DON'T BELONG HERE, OH, OH

joder, Diego, vine aquí, t'estimo tio, deixa'm, joder, deixa que t'agafi, no et deixo sol, cabró, no em deixis tu a mi sol, joder, t'estimo, tio.

23

Li ve de lluny, estar cada dia sol amb aquesta merda. La capsa de les vambes que ja no es posa, amb les vambes velles a dins que ningú toca, allà on ja no hi posa mai els dits del peu, allà hi té la bosseta blava que feia de clauer del seu primer Fiat Punto, i a dins, dins el tercer amagatall que són la capsa, les vambes i el clauer bosseta tancada amb cremallera, hi té la benzina que necessita per arrencar el dia.

La primera benzina de debò que havia cremat era la del Fiat Punto negre que compartia amb l'avi, però que agafava bàsicament ell. De l'avi n'havia tret aquella habilitat per sortir-se sempre amb la seva. Compartia el somriure de mitja galta i la mirada espurnejant del dia que li va dir que no s'emprenyés amb el seu pare per no comprar-li un cotxe, que no ho digués gaire però que ell li deixaria el seu. El somriure de mitja galta i la mirada espurnejant que li deien que la vida era sinuosa i meravellosa, però que no calia que tothom ho sabés. L'avi, que sempre va sospitar que tenia una altra vida on no feia d'avi de ningú, que li passava diners amagats entre els carnets del Barça que li deixava pràcticament cada setmana, que li picava l'ullet quan l'àvia li duia el cafè a la butaca just després de la becaina que feia mentre ella recollia el dinar i la cuina, l'avi de cabells de filferro blanc que sempre duia una pinta a la butxaca de la camisa i una petita navalla pel que pogués ser. Un MacGyver de barri que sempre guanyava.

Amb el seu permís no oficial el Fiat Punto es va convertir en la corretja de transmissió que va traslladar el Diego de l'adolescència grisa que pilotava un pare desganat cap al que, vist amb els anys, van ser les llavors de qui és avui el Diego. El Diego que només coneix ell i que conserva el clauer bosseta del Fiat Punto de l'avi dins la capsa d'unes vambes velles per guardar-hi la cocaïna, que no sap com ha passat de ser el divertiment amb què es deixava anar a estones a una necessitat diària.

La primera va ser, de fet, al Fiat Punto per ferse l'interessant i el xulo amb una noia que acabava de conèixer i a qui va proposar portar a casa. Cotxe, noia i una mica de coca per impressionar-la. Somriure de mitja galta i aquella mirada que no s'acabava. Segur que guanyava. Aquella matinada, el Sebas i l'Àlex van haver de tornar a casa en metro.

A base d'assaig i error el Diego va anar perfeccionant la seva aura de guanyador. Es va anar traient la grisor del pare de sobre, es va anar modelant artesanalment fins a trobar la clau de volta per lluir aquell encant natural que havia heretat de l'avi. Va construir el seu propi mite. Una versió actualitzada, sense pinta a la butxaca de la camisa, però sí amb la navalleta, que servia per a qualsevol situació que requerís un MacGyver amb superpoders per obrir cerveses dins el cotxe si calia aplanar el camí amb alguna desconeguda. L'endemà, foteta, preguntava com havien tornat a casa els seus amics.

L'últim somriure de mitja galta que li va veure a l'avi va ser estirat al llit de l'hospital. Va agafar-li la mà per dir-li tu vals molt, fill meu, enrecorda-te'n sempre, la vida brilla, no ho espatllis. Del moment recorda el tacte amb la pell seca i aspra de les mans de l'avi i que li va doldre que la camisola de l'hospital no tingués butxaca. La pinta reposava sobre la tauleta del costat.

Les paraules d'aquell moment les aparta, adolorit i ansiós, ara que espera a sentir les veus de la seva dona i els nens a la cuina preparant l'esmorzar per furgar dins l'armari, dins la capsa, dins les vambes i dins el clauer bosseta del Fiat Punto de l'avi per trobar-hi la benzina que li permetrà presentar-se davant d'ells com el pater familias fort, simpàtic i enèrgic que esperen, que admiren, que abracen els fills, i que desitja que s'amagui darrere la mirada desconfiada de la seva dona.

I no ho espatllis.

24

Clara, m'has dit, oi? Ens hem tret els auriculars i sento la veu de la noia de l'hola sord per primera vegada: tinc set, anem a demanar? Amb el somriure em continua dient no estaràs enlloc millor que aquí, bonica. Ens han fet fora de la pista de Silencio, ha d'entrar més gent, i fora d'aquella bombolla aquesta noia ara se'm fa estranya. Em fa sentir sola. Em fa notar que estic sola. Vull dir que què hi faig, aquí, amb ella? Crec que ho nota perquè em pregunta que amb qui he vingut. Li explico que busco l'Àlex, que no conec ningú més ni tampoc el recinte del festival i que fa estona que no tinc cobertura. Ho dic mirant el mòbil mentre caminem cap a la barra, com justificant-me. De cop, entren cinc trucades perdudes i un vídeo selfie de l'Àlex i el Diego agafats i cantant «Creep» de Radiohead. Que on soc, crida l'Àlex. Una alenada m'oprimeix el pit, em preocupa que es preocupi, tot i que a la cara del Diego hi ha un somriure foteta. Hauria de trobar-los. Saps on actua Radiohead? La noia diu que té l'aplicació del festival, que allà surten els horaris i els escenaris de les actuacions, que ho mira, però que esperi que ens serveixen ja. Truco l'Àlex. HOLA? ON ETS? HOLA! No entenc res, el que sento és un garbuix impossible de destriar. Whatsapp un altre cop. On sou? Jo, al costat d'un lloc que es diu Silencio. Que m'he perdut Radiohead, em contesta, i que si sé anar cap a on érem al principi de tot, allà on ens hem perdut. La noia del somriure acollidor em passa la cervesa acabada de tirar i em dona temps de llegir Love will tear us apart[23] a la cara interior del seu braç. En trec els ulls de seguida i poso el dit índex dins la cervesa per frenar el desig de passar-lo per sobre el tatuatge de lletra lligada. La cervesa està freda, fredíssima, i el primer glop m'envalenteix. D'acord, vaig cap allà, li contesto a l'Àlex. Allà que no sé on és, però confio en l'aplicació de la noia i en el seu somriure del millor lloc del món.

L'Àlex fa que la vida sembli més fàcil. Que cregui possible i normal que ara una desconeguda em porti a trobar-me amb ell en un punt indeterminat d'aquest recinte on hi ha trenta mil persones més. Si fos per trobar-me amb un altre no hauria confiat que ho aconseguiria.

Caminem molt a prop l'una de l'altra, amb els braços enganxats i un punt d'acceleració, esquivant la gent que se'ns va creuant pel camí. Avançar pel festival és una mena de gimcana. Li estic explicant la meva vida a raig. Ella m'ha preguntat per l'Àlex o potser ni tan sols ha estat una pregunta directa, però estic desinhibida i em deixo anar.

Al final li havia dit Lu, marxo. Vaig haver d'afegir de casa. A aquella hora del matí en què el dia comença a posar-se vulgar amb els lladrucs dels gossos dels veïns, les aigües de les dutxes i el sol que puja i puja il·luminant-ho tot, bé podia ser que marxés a comprar el pa, tot i que en el meu cas hauria sonat igual d'estrany que Lu, marxo. De casa.

El Lu té un despertar lent. Li cal una hora,

una dutxa, un cafè, gratar-se diverses vegades, si és durant un badall millor, per acabar d'entendre que s'està fent de dia i que ha de començar a engegar. Té bon humor, però, durant aquesta estona lenta de despertar-se. Sempre té un comentari graciós a punt. És graciós, el Lu. És maco. Així que es grata el cap quan pronuncio Lu, marxo. Acaba el badall i afegeixo de casa. Com que és lent, a aquesta hora, em traeixo i faig gran l'esperança que l'escena sigui fàcil. Per un moment ho sembla perquè no fa cap drama.

A banda de maco i graciós, el Lu és un tio llest: què vols dir?, em llança. Ara alguna cosa em pressiona el pit escurçant les alenades d'aire, se m'amunteguen paraules i frases del catàleg aquell per deixar algú però no aconsegueixo dir-ne cap. Em llança la pregunta i m'hauré de mullar: que aquesta nit ja no dormiré a casa, li dic, per no dir que no t'estimo més, que no seguirem junts, que s'ha acabat, que aquell senyor d'allà és des d'aquest precís moment només el teu veí del davant. Incapaç de seguir amb la conversa, baixo del tamboret i vaig cap a la dutxa. Quan entro al lavabo, passo el pestell de la porta.

Durant el que dura la dutxa la maneta de la

porta que vigilo entre les gotes d'aigua, el sabó i les llàgrimes que han començat a brollar no es mou. Ningú intenta obrir-la. És com si ja estigués sola. Però sé que no, que hauré de sortir i continuar la conversa. No he agafat la roba que em posaré, així que hauré de sortir amb la tovallola lligada al cos i m'hauré de vestir davant seu i sota les seves preguntes, merda.

Fa unes setmanes, unes quantes, no sé quantes, vaig tenir el mateix pensament, però diferent. Va ser a París. L'Àlex i jo. El parell de seients seguits de l'avió reservats a dos coneguts que no hi fan res, junts. Ni junts, ni en un avió, ni a París. A l'habitació de l'hotel, a la dutxa, em fregava el cos després de la meva primera nit sencera amb l'Àlex. Amb la tovallola embolicada al cos i la mà a la maneta de la porta vaig pensar ara sortiràs i reblaràs el crim: et vestiràs sense vergonya davant seu i sense la pressa habitual. Admeto que hi pot haver un error de percepció i que el més greu era la infidelitat, o que el més greu era haver-la dut fins a París en una mena de tribut romàntic a la salvatjada de portar una doble vida d'amagat, però en l'estat d'embriaguesa d'aquells dies sortir d'aquell lavabo i actuar amb naturalitat, deixar caure la tovallola a terra, remenar la maleta fins a trobar la roba mentre consultem a France 1 la informació del temps per a aquell dia a París em va semblar que era el súmmum del cinisme, l'atemptat més greu contra el règim de la veritat. Com si en fos conscient, l'Àlex em va fer allunyar d'aquest pensament quan vaig deixar caure la tovallola a terra. Em va follar besant-me el clatell contra el vidre fred de la finestra.

A fora plovia.

La noia del somriure de cotó fluix m'escolta atenta mentre avancem pel festival i, com si estigués de tornada, no, de tornada no, com si hagués anat i vingut vint-i-cinc vegades abans que jo, diu l'amor sempre ens destrossa.[24]

25

Mentre van cap a buscar la Clara, el Sebas fa el seu posat de sempre, les mans enfonsades al fons de tot de les butxaques. Té una sensació rara. Desagradable. De cop voldria ser a casa seva, amb la seva vida actual, entre les seves quatre parets despullades i pensant quina pel·li poden veure aquesta nit amb la Paula, la noia que és la seva companya de pis i alguna cosa més, però menys del que ella voldria. No vol estar com fa vuit anys enrere. Fumat i vagant per un festival i amb el Diego al costat fent de les seves passat de voltes. Allò que havien fet tantes i tantes vegades. Ara ja no ho vol fer més i es penedeix d'haver anat al festival i haver-los retrobat.

El penjat del Diego i l'Àlex, que és un bon tio massa pendent de la mirada dels altres, Sebas, si és que sempre ha estat així, ja ho saps. Però no sap com ni per què vuit anys després torna a estar amb ells dos buscant una noia pel mateix recinte del festival on es va esfumar la Julieta. Esclar que la Clara li és absolutament igual.

Pensar-hi ja no li fa mal. Pensar-la, la Julieta. Fa l'exercici d'imaginar-la de manera conscient i nota el buit més absolut. No sento res, pensa. S'hi recrea, en el pensament. L'allarga per comprovar fins on no li fa mal. Aguanta prou, se sent inert. Continua pensant-hi, potser per trobar una prova de vida. Hi pensa encara uns segons més, li passen pel cap els petons, les abraçades, les trucades a mitjanit, la seva llibreta d'acudits per fer-la riure, les hores escoltant música al cotxe, i de lluny, molt al fons, amagada en un racó, a la gatzoneta, hi ha preparada la tristesa. Ara sí, treu el cap greixosa. Llefiscosa. Enganxifosa. Es desfà del pensament, deixa-ho anar, tio, es diu, i en veu alta diu que té set, que parem a demanar. Li suen les mans.

Com si l'hagués descobert buscant on se li amaga la pena, el Diego és qui diu en veu alta un altre cop els tres arrossegant els peus per aquí buscant una tia. Ho diu mig rient i se li repenja a l'espatlla sense gaire control. El pes del Diego fa desplaçar el Sebas cap al costat i no reprimeix el gest de treure-se'l de sobre. Està cansat, suat i col·locat. Ja en té prou.

Les mans també li suaven quan va conduir de tornada a casa l'última vegada que havia trepitjat aquell festival, l'última vegada que tots tres havien arrossegat els peus per aquí mateix buscant una noia. Una altra. La Julieta. Les mans li relliscaven pel volant sense direcció assistida. Feia tres dies que gairebé no dormia i la Julieta no havia aparegut. Necessites dormir, tio, no pots tornar així a casa.[25] Havien decidit tornar. Ho havien decidit l'Àlex i el Diego, ell s'havia deixat fer. El festival s'havia acabat i van acabar donant per bona la idea que la Julieta devia estar bé. Follant-se algú altre, insistia el Diego, com si això els eximís de seguir buscant-la, de preocupar-se'n. El Sebas se sentia embotit, amb ganes d'agafar el llit i deixar de sentir dins el seu cap l'«algú altre» que repetia el Diego, amb la veu del Diego. Algú altre de qui, pensava el Sebas. Havia d'arribar a casa, dormir, i deixar-ho anar tot.[26] Deixa-ho anar, tio, deixa anar la merda de pena aquesta. Necessites dormir.

26

2010

En un altre cotxe, a la mateixa hora, per la mateixa carretera, en la mateixa direcció que el Sebas, tornant cap a casa, potser uns quilòmetres per davant, potser uns quilòmetres per darrere, va entrar un missatge a un mòbil.

Té un missatge nou. Per escoltar-lo, premi 1. Per esborrar-lo, premi 2. Per emmagatzemar-lo, premi 3.

1.

Hola. Diego, hola. Soc jo. La, la Julieta. Ahir... hummm... bé, he perdut el mòbil, només conservo el teu telèfon en aquell paper que em vas donar. El porto... hummm, el porto a la cartera. En fi.

Soc en una platja, m'he despertat aquí, no, no sé, no sé on soc exactament... Tinc llacunes d'ahir. —Sospira, i s'intueix un somriure que el Diego troba curt i forçat—. *Daixò... no estic sola, hi ha el tio aquell de les rastes. Víctor. Sí, es diu Víctor.*

Bé, el cas és que... —Sanglota i de sobte reprèn el monòleg amb força, esqueixant el silenci—: *ETS UN FILL DE PUTA* —brama, expulsant mitja ànima per la boca en dir-ho.

Etsunfilldeputa —somica ara amb un fil de veu.

Ho recordo tot. Tot, Diego, t...

Piiiip. Final del missatge. Missatge rebut ahir a les vint hores i dinou minuts. Per escoltar-lo de nou, premi 1. Per esborrar-lo, premi 2. Per emmagatzemar-lo, premi 3.

El Diego sua de cop. Té una pel·lícula d'humitat a la zona del bigoti, a les temples, sota el llavi. Se l'eixuga amb la mà que sosté el mòbil mentre condueix amb l'altra i mira compulsivament a banda i banda, també pels retrovisors, certificant que està sol al cotxe i que ningú més ha sentit la Julieta. Mira el mòbil, mira la carretera, mira el mòbil, mira la carretera. Mira el mòbil i pitja la tecla 1 —piiip— mentre torna a posar els ulls a la carretera.

Hola. Diego, hola. Soc jo. La, la Jul…

2, 2, 2, 2, 2, 2, 2. No ha processat l'ordre del seu cervell encara quan el dit polze prem la tecla 2 compulsivament en una seqüència histèrica de piips fins que la màquina diu missatge esborrat. I silenci.

Mira el mòbil, mira la carretera. Pensa a llençar el mòbil per la finestra, però no. Pensa precipitadament el que acaba de sentir i què ha de fer. Lliga caps, el Diego.

Mai haurà rebut aquest missatge perquè la Julieta mai ha tingut un paper amb el seu telèfon apuntat per ell, amb la seva lletra il·legible i els seus números que semblen bunyols. Perquè mai li va dir truca'm en aquella festa d'aniversari del Sebas on es van conèixer, aquella festa d'aniversari on ella anava com a amiga i alguna cosa més del Sebas, aquella festa d'aniversari en què el Sebas estava pletòric i amb les mans fora de les butxaques, aquella festa en què el Sebas els havia buscat, a l'Àlex i a ell, per dir-los què, està bona, eh, amb el rostre no tan pàl·lid com de costum.

Ella no tenia el seu telèfon en un paper i per tant no li havia fet la trucada que ell acabava d'esborrar impulsivament perquè la Julieta està boja i perquè ell ja està de camí cap a casa, ja s'ha acabat el festival. Ja s'ha acabat tot, Julieta. I si reapareix ho negarà tot, començant pel fet que ell hagi rebut cap missatge, sí, fins i tot dirà que està confosa i que el número que tenia apuntat en un paper era d'una altra persona, no pas seu, d'un altre tio, que ja et coneixem, Julieta, que ell no li havia donat mai el seu telèfon d'amagat apuntat en un paper amb els números que semblaven bunyols.

Ara sent menyspreu per ella i desitja que es quedi per sempre amb el tio aquell de les rastes, que de costat era prim com un esquelet, però tenia un cap amb una cabellera enorme de rastes llargues i gruixudes, i bigoti i una barba de quatre dits. Que deia que passava els hiverns a Indonèsia i ell se'n va enfotre, que si era d'allà d'on havia tret el costum de no dutxar-se. Que se sentia la seva olor corporal a distància. Que guarra tu també, Julieta.

Ell no haurà rebut mai aquesta trucada. Tampoc l'haurà acompanyat mai al lavabo de l'after a mullar-se la cara ni li haurà dit mai té, pren-te això, mentre amb el dit gros li empeny suaument una píndola entre els llavis molls, et prometo una nit increïble, abans de mossegar-li suaument la galta, pressionar el seu cos rígid contra el d'ella i ficar-li la llengua. Això, ell, la nit de l'after, quan recorda que sonava Moderat, «A new error», que li encanta i el posa calent, ell no ho hauria, no ho havia fet. Com tampoc hauria, com tampoc ha rebut el missatge de la Julieta al contestador.

27

2010

Quan baixen de l'ambulància els queda al davant un magatzem que no és una estructura moderna de polígon industrial com ens podem imaginar. És un edifici de totxo d'una sola planta i sostres alts en un terreny enmig d'un tros de camp. A la façana, pintat en lletres grans i cal·ligrafia lligada, s'hi veu Ambulancias Domingo. En alguns llocs la pintura ha saltat.

El Domingo devia ser l'avi, devia ser un emprenedor del seu temps que va deixar un negoci pròsper a la zona per al seu fill, que l'hauria fet créixer amb l'arribada de la democràcia i aquelles oportunitats de mitjans dels setanta, i que començava a retirar-se ara també en benefici del fill, el fill una mica dropo que no s'havia treballat cap altra oportunitat, el fill que havia viscut a remolc dels diners que donava la petita flota d'ambulàncies i la popularitat a la zona. El net del Domingo: quantes vides havia salvat aquella família amb el seu transport urgent i medicalitzat en aquells pobles en què l'hospital de referència era a la ciutat més propera, que no volia dir que fos a prop. Quan el festival va aterrar al poble i a mesura que es va anar fent gran, el pare devia tenir la idea de llogar alguns vehicles més per disposar-ne aquells dies en què hi havia més trasllats als ambulatoris i a l'hospital. Lipotímies, esquinços i comes etílics devien ser els principals motius d'atenció. Després de gairebé dues dècades, els dies del festival serien de llarg els dies de l'any que més treballaven, haurien aconseguit un petit acord amb la direcció del festival i l'administració que permetrien que la comptabilitat d'Ambulancias Domingo resistís a la modernització i professionalització del servei sanitari públic. Amb tot, però, el negoci devia arribar a mans del net bastant exhaust, perquè les ambulàncies ja es veien antigues i el net, de fet, aquells dies de festival estava més per ser atès que per atendre.

Si el Domingo aixequés el cap ara mateix no es creuria el que veurien els seus ulls.

La nau és plena d'ombres de persones que entren i surten. Parlen, beuen, ballen, molts ara abraçats canten cridant *we are your friends, you'll never be alone again*. L'exaltació de l'amistat. El volum de la cançó no deixa sentir les seves veus. Contra la paret del fons hi ha aparcades dues ambulàncies més amb les portes laterals obertes i els llums d'emergència grocs encesos. Hi ha algunes persones que miren dins i d'altres en surten. Els llums d'emergència sembla que ballin compassats amb la cançó de Justice.

Fora de la nau i fins allà on arriba la llum que surt de dins es veu que també hi ha gent. N'hi ha que caminen no se sap cap a on, negra nit encara, són figures fantasmagòriques. Les parets interiors de la nau estan revestides per una estructura de prestatges metàl·lica on hi ha bosses precintades del que sembla material de primers auxilis. L'únic indici que fa pensar que allò, efectivament, és un magatzem, un magatzem d'emmagatzemar coses. Per la resta del que s'hi veu ara mateix, i si no fos per les lletres exteriors on hi diu Ambulancias Domingo, ningú pensaria que s'equivoca si diu que aquest lloc és un magatzem per fer-hi festes.

L'Àlex, el Sebas, la Julieta i el Diego no acaben de creure's tampoc el que veuen, es fan comentaris, riuen, es donen cops de colze. Són quarts de cinc de la matinada i després de tants festivals allò és completament nou. Per separat cadascú gestionaria la situació d'una manera diferent, però junts la gestionen amb una sola veu. La del Diego. Els altres, amb més o menys convenciment, es deixen portar. És com si la nit tornés a començar, el Diego és incansable i lidera.

Després del viatge en l'ambulància la Julieta sembla bastant recuperada i el Diego, interpretant el seu paper de doctor en prescripció química, l'agafa per les espatlles i li diu molt a prop de l'orella que vagi amb calma, eh, que si vol alguna cosa ell n'hi dona, que com es troba, que ell, que ara l'agafa per la cintura, si vol, la cuida tota la nit. El Sebas fa cara d'Elvis fastiguejat i derrotat. Voldria anar a l'hotel, ja en té prou. L'Àlex sembla meravellat davant aquell suburbi improvisat enmig del camp. Tots quatre avancen cap al magatzem.

28

Després de la brometa del Diego sobre la Julieta, el Sebas es diu et prens una cervesa més i fots el camp. Demana tres minis, sisplau, i des de la barra veu com l'Àlex alliçona el Diego. Li fa un gest amb la mà molt a prop de la cara i li busca els ulls amb una torsió de coll forçada perquè el Diego intenta esquivar-lo. Tants anys després, ara que ja se sent una persona adulta, ara que ja no té res a veure amb ells, ara que ja té la seva pròpia vida, ara que ja és un home, joder, ara que soc un home com pot ser que torni a ser el mateix que era abans amb l'Àlex i el Diego, joder, tio, tornes a ser el puto pringat, tornes a tenir aquesta sensació de merda, tot el dia furgant el forat de la butxaca dreta dels pantalons, capullos, tots dos, sí capullos tots dos, el Diego, que em tracta com l'ase dels cops, i l'Àlex, que sempre m'ha de protegir però d'aquella manera que no deixa mai d'estar al costat del Diego.

Capullos.

Pensa en la Paula, la seva companya de pis i alguna cosa més però menys del que ella voldria, i es pregunta què deu estar fent. No li ha trucat encara des que ha arribat al festival i de cop li ve una onada de llàstima de si mateix, joder, a què ve que ara el Diego parli de la Julieta. Que la ressusciti. Tornem a estar aquí tots tres arrossegant els peus i buscant una tia, repeteix el Sebas en veu baixa i foteta. Li trencaria la cara si no fos perquè ell no sap trencar cares. Deixem estar la Julieta, sent que l'Àlex li diu al Diego. L'hi diu amb posat bastant seriós, li sembla, però veu que no pot aguantar el riure davant els comentaris que li torna el Diego. Que potser continua fent voltes per aquí, diu, buscant-nos. I fa cercles amb el dit índex a l'aire accentuant el fer voltes per aquí, buscant-nos.

Imbècil.

El Sebas retroba la pena de fa uns minuts. Ja s'ho coneix, això. Beu un glop de cervesa per tirar-la avall, però no aconsegueix enfonsar la pregunta de sempre: i si ella els va estar buscant a ells? A ell. Per què mai més va trucar?

La veu no l'hi ha tornat a sentir, i a vegades creu que ja no la recorda. Ni aquell riure passant a pressió pel forat entre les dents. La té escrita, la Julieta, a les seves llibretes, i la té fotografiada, perquè la meva merda de memòria sempre s'oblida dels detalls, es diu. Sempre s'oblida de la seqüència de fets. Reté flaixos, com el dia que la va conèixer o el dia que li va fer el primer petó, però en condicions normals el Sebas no pot fer una narració de records, no conserva la seqüència dels fets. Els esborra, la seva memòria. El Sebas reté les emocions. No sap explicar què va passar, el Sebas sap dir com es va sentir. Per això escriu, per recordar els fets. Per això és guionista, perquè sap quines emocions li desperten els fets escrits i, per tant, viscuts. Durant un temps es va interessar molt per aquesta particularitat de la seva memòria, fugissera amb el relat, impecable amb la petjada. Al psicòleg li va explicar que a vegades no sap d'on li ve la rancúnia cap a certes persones, però que la rancúnia que sent és autèntica, indiscutible i, finalment, ineludible. Que això li sembla que el fa passar per un tipus estrany, però que quan estima algú ho fa amb la mateixa falta de fonament. Ell mai sap, ell intueix, ell sent. No saber d'on li ve el seu mapamundi emocional el fa sentir inestable i desconfiat amb si mateix. No coneix el paleta que en va fer els fonaments i només li queda refiar-se de les seves emocions sense possibilitat de revisió. No pot revisitar els fets que li provoquen un sentiment o un altre. No els recorda. No els troba. Si odia, odia de per vida.

El ressentiment que sent cap al Diego és una boira espessa que l'envolta pels quatre costats i que no s'ha dissipat amb els anys. En algun moment va pensar que sí. Aquell dia que triava pel·li amb la Paula assegut al sofà rònec va pensar que seria capaç de tornar-lo a veure al festival i suportar-lo, total seran dos dies, va dir-li mentre tenia els ulls fixos allà on el terra fa cantonada amb la paret. Però ara que li allarga la cervesa l'hi llançaria per sobre, directament a aquests ulls negres d'escarabat que el desafien cada cop que el miren i li recorden que no va saber conservar la

Julieta, que un merda com ell havia estat capaç de seduir-la més, perquè ell això no ho sap però ho sent, com tot, i ho sent molt fort i així ho té guardat a la memòria. A ell ningú no li ha explicat mai cap episodi entre el Diego i la Julieta però ell sap sense saber del cert, perquè ell ho sent així i ell de les seves sensacions se'n refia a cegues perquè no té més recursos, ell sent que odia el Diego perquè l'ha d'odiar perquè segur, encara que no ho ha vist o no ho recorda, segur que va tenir alguna cosa amb la Julieta aquells mesos en què ell justament se li obria en canal, aquells mesos del Love me tender i d'us vull presentar una noia, la Julieta, aquella que li feia perdre la pal·lidesa de la cara i tremolar sota la butxaca dreta del pantaló.

I encara és capaç de fer broma, el fill de puta.

29

De la Julieta l'Àlex n'ha parlat poc aquests anys, com si no tingués res a veure amb ell. Sempre ha pensat que era una cosa més del Diego i del Sebas. Ell la coneixia, però per ells. De passada, no era amiga seva. No era el que ell en diria una amiga seva. Per això no va preguntar més per ella. De fet, després de tornar del festival és quan el Diego, el Sebas i ell deixen de veure's. Aquell estiu no tornen a quedar. Cap dels tres va dir res. Ell va passar l'estiu a Pals, com sempre. Va ser l'estiu que va conèixer l'Helena. Una nit va acabar inesperadament fent copes a casa seva amb uns amics en comú. Era un mas de la família, el porxo estava il·luminat amb espelmes i recorda que quan van arribar sonava «Pauline en la playa» i la casa i el jardí feien olor d'encens d'espígol. L'endemà hi van tornar per banyar-se a la bassa de pedrís del seu jardí i així va anar passant l'estiu. L'última setmana, amb aquella sensació que la vida s'acaba, li va demanar quedar a Barcelona. Unes braves al Tomás, li va dir, les millors patates braves de la ciutat. Un pla de migdia per no cagar-la, va pensar. Que no soni a una cita de veritat. Ella li va dir després que no les tenia totes sobre les seves intencions, que si vols fer un primer petó a algú no quedes a fer les braves amb allioli més potents de Barcelona.

És elegant i segura, l'Helena, com si res no li toqués la pell. Quan se'n va enamorar n'admirava el posat, delicat i esvelt, amb l'esquena sempre ben recta de manera natural. També admirava com li quedava el pijama i com es llevava, sense cap arruga a la roba i pentinada, com si no s'hagués mogut en tota la nit. Per totes aquestes coses superficials i perquè és una dona culta, al principi li imposava una mica, i quan li va dir això de l'allioli va sentir que no estava a la seva altura. Per sort ja li havia fet el primer petó.

En poc més de tres mesos ja coneixia tots els seus amics i ella igual, menys el Sebas i el Diego. Van anar quedant enrere. Seguien enviant-se articles de discos nous i els anuncis d'artistes que anirien als festivals de l'any següent, però mai van concretar res. Ja no hi van tornar a anar, de festivals. En la seva nova vida amb l'Helena, ells van convertir-se en amics d'una altra època que sempre calia introduir: saps el Diego i el Sebas, aquests amics amb qui sempre et dic que vaig de festivals. Ara ell tenia una relació formal, com havia desitjat durant molt de temps, i van anar passant els mesos i els anys i tot va anar quedant molt lluny.

Vuit anys són molts anys. És una mena de mantra que es repeteix l'Àlex per entendre que ha deixat d'estimar-la. Vuit anys, si tot va de cara, mira, encara. Però vuit anys amb la mort dels pares d'ella pel mig i el desig irrefrenable i no aconseguit de tenir un fill l'han desgastat. Amb tot això que els passa, el dol d'ella, la tristor d'ella, l'angoixa d'ella, la vida ha deixat de brillar. Tampoc brillen els ulls d'ella quan se'l mira, pensa l'Àlex. Té la sensació que la vida els ha fet fer-se grans, però que ell no és gran encara. El projecte comú que té, tenia, amb l'Helena l'ha envellit i a poc a poc se n'ha anat separant, primer mentalment, després físicament.

No va ser la primera, la Clara. Abans ja havia trobat amb qui tenir la sensació que la vida tornava a prémer la boca de l'estómac. Havia tingut dues aventures. Curtes i insignificants, es diu. No s'agrada per això. El mal rotllo a casa és anterior, es repeteix quan se sent malament.

N'han parlat, amb l'Helena, del moment que passen. Discuteixen sovint, però ella sempre troba la manera de tirar endavant. L'Àlex no sap fins a quin punt l'estima a ell encara o estima el fill que li pot fer.

Ell fa temps que no el vol, aquest fill que li pot fer i que no li fa, però va fent perquè no sap què ha de fer. Esclar que l'estima. Té estima per ella, intenta discernir a vegades. Què és l'amor o quin és l'amor que s'ha de sentir per la parella. S'hi esforça molt, en aquests pensaments, des que ha conegut la Clara.

Amb la Clara no és que la vida premi la boca de l'estómac, no, és que la sang li corre per un torrent de pendent vertiginós. Està en caiguda lliure i se sent desentrenat. I atrapat. Voldria aturar el pas dels dies, conservar la Clara i els seus sentiments congelats mentre aconsegueix temps per madurar amb l'Helena que la seva història s'ha acabat. En lloc d'això, busca la bronca. Ho fa de manera inconscient però conscient, no sap com sortir d'allà. Passa moments molt dolents en què se sent un autèntic mesquí.

A la Clara no ha sabut congelar-la, així que han anat fent. Li ha explicat que s'està separant, però que ella passa per un moment molt delicat i que necessita temps. Això no és del tot mentida, però tampoc és del tot veritat. I per llepar-se les mitges mentides i la impotència i la sensació de viure atrapat, un dia li demana, tremolós, a la Clara que vagin junts a París. No ho porta pensat, senzillament un dia va i diu Clara anem junts a París, no em pots dir que no. El va fer parar boig que a ella li sortís un sí d'entre les dents. Somreia i amagava la cara entre les mans mentre deia no pot ser, no pot ser. Però somreia. L'hauria abraçat de per vida, en aquell moment. L'abraçava cada vegada més sovint. I més fortament, també.

Han passat vuit mesos des que la va conèixer a la galeria d'art fins ara que no sap on para dins aquest festival i no sap com ha aconseguit mantenir la imatge que ho té tot sota control. Ell sempre ha intentat rescatar la Clara del dubte. El dia que ho va veure més magre perquè ella plorava pel mal que deia que li estava fent al Lu va arribar a dir-li, a la desesperada, aquest serà el nostre any, Clara. Ho sé, Clara!, deia buscant-li molt els ulls. Aquest serà el nostre any, valent, va dir, accelerant de zero a cent la producció de fum de la seva maquineta de venedor ambulant. Passava una mica de vergonya quan es trobava fent de firaire de xerrameca d'aquells d'abans que venien una cassola antiadherent a preu de saldo, no s'ho creurà, senyora, i hi afegia un coixí revolucionari per a les cervicals pel mateix preu, i no un, no, dos, senyora, dos coixins especials per a les cervicals pel mateix preu, senyora, no, pel mateix preu, no, senyora, l'hi abaixo cinquanta pessetes, se'n recordarà de mi tota la vida, senyora, s'ha acabat l'arròs enganxat a la cassola i l'olor de fumat a tota la casa, i a la nit podrà descansar de meravella, i no només vostè, senyora, amb aquest altre coixí que li regalo el marit caurà rodó, no la molestarà en tota la nit, senyora, i tot a un preu increïble, senyora, no s'hi pensi, senyora, i així fins que arribava el moment gloriós en què el firaire inflava el pit per vociferar venut!, senyora, no se'n penedirà, sense perdre un segon per començar la següent venda, una vaixella duralex presumptament irrompible a la qual hi afegiria un os de peluix gegant de color verd fluorescent i alguna cosa més. Passava una mica de vergonya i se sentia una mica impostor perquè ell li prometia el viatge a París, el dia que anem junts per primera vegada a un festival, una presumpta vida normal idíl·lica com si el preu a pagar-ne fos de saldo. Ella, esclar, era prou llesta per saber que no, però el deixava fer reconvertit en fabricant d'il·lusions.

Per això se li va obrir el terra sota els peus el dia que la Clara li va trucar i li va dir que havia deixat el Lu. Què? Sí, me n'he anat de casa, avui dormo a casa el meu germà. L'Àlex processava el que sentia sense adonar-se que per la boca li sortien sons sil·làbics que no deien res, però deien molt. Oh, ah, prò, host, uf, ja. I on ets, ara?, va aconseguir treure. Estic anant a la feina, havia escalfat ella abans d'afegir i no et vull veure més. A tu tampoc. Almenys durant un temps, vull saber què vull. El que no vull és seguir sentint-me com em sento ara, culpable, bruta i una mica perduda. L'Àlex no recorda gaire més del discurs que va sonar a l'altra banda del telèfon perquè el pensament li rodava cada vegada més accelerat. Se li barrejava l'alegria perquè la Clara havia pres una decisió que la deixava completament alliberada per poder estar amb ell, però d'altra banda alguna cosa li oprimia el pit, ella li estava dient que no el volia veure i, el que era realment de pes, es va fer conscient que ell continuava vivint amb l'Helena, que si algú havia de fer el següent pas ara era ell i que s'hi hauria d'enfrontar deixant de mirar la qüestió de reüll o aparcant el tema quan arribava a casa, i que si volia fer-ho, si estava convençut de ferho, ho hauria de fer sense repenjar-se en la Clara perquè ella li estava dient en aquell precís moment que, Àlex, tio, escolta bé, què t'està dient?, que està dient que no et vol veure més, tio, reacciona, digues alguna cosa, escolta-la bé, sigues viu, tio, engega la màquina, va, va, va, màquina estúpida treu fum ja, collons, cinquanta pessetes, senyora, i un cap de setmana a l'hotel La Plaça a Madremanya, Clara, i en parlem.

De moment, no. Va ser inflexible, la Clara. De moment, no. Necessito que passin els dies, vull estar sola. Sabia ser clara, la Clara. Es va quedar amb els ulls clavats a la tassa de cafè amb llet, com si pogués travessar el líquid marró i veure el fons de la tassa, passar-hi els dits i desxifrar el jeroglífic del que acabava de passar i de l'enorme pes que sentia sobre les seves espatlles. Ho acabem de deixar? No estic amb la Clara? No li puc escriure cinquanta missatges d'estic menjant uns macarrons boníssims, avui? Se separa de debò? Jo en soc el responsable?

30

La culpa és una malla. Una malla de fils prims que formen rombes i que m'oprimeix l'estómac, que allibera un dolor agut permanent.

És una nena repel·lent, repentinada, porta un llaç enorme al cap, que juga a aterrir els pensaments quan campen feliços i que de tant en tant diu Clara amb l'entonació aquella de ja saps el que estàs fent?

La culpa és la cara del pare observant, observant-me, sense expressió des de la penombra d'un racó de la sala, i la mare al seu costat gesticulant i dient sense veu que ella, això, ja sabia que passaria.

La culpa és un mecanisme medieval que tinc agafat a les cervicals i que té una maneta que la nena aquella fa girar, nyec, nyec, tensionant els quàdriceps, nyec, la musculatura dorsal, nyec, i gira i gira, nyec, nyec, la maleïda, fins a enxampar el trapezi, que engega a dida el múscul frontal. Crac.

La culpa és una sala de tortures.

La faute et le regret.

Regret? Home, si ho pronuncies en català aquí no t'entendrà ningú, exhalo deixant anar una mica d'ansietat. Ho has de dir amb la erra francesa molt marcada. L'Àlex ho prova i s'encalla en el so gutural de la erra francesa. Sembla una fuita de gas.

A París fa dia d'hivern de París. Fa fred i el cel és gris. Estic congelada. M'amago sota una boina de llana i un fulard que em tapa mitja cara. Tot i així, ara que ric, m'amago. No sé de qui, aquí no hi conec ningú, soc absolutament indiferent per a aquests parisencs que ens creuem. Però ens miren, oi, quan passen per davant nostre? Per què ens miren? Reprimeixo l'impuls de deixar-li anar la mà.

Arrossego l'Àlex cap a una portalada i deixo que el meu cos noti el seu pes empenyent-me contra a la paret. El pes és real i m'ajuda a picar-li la mà a la nena repel·lent aquella, la repentinada aquella que fa girar la maneta tensora i em deixa les cervicals fetes una merda. «Je ne regrette rien»,[27] li crido convertida en diva dels cinquanta, amb la meva veu més gruixuda i des de l'altura de l'escenari del Moulin Rouge. I dec semblar ridícula perquè no s'immuta. Al contrari, ara la tia es treu unes fotografies de no sé on i en gran pantalla multicolor hi veig el Lu somrient a la càmera, somrient-me, darrere aquella hamburguesa XXL que ens van servir a última hora del dia que vam fer la mudança al nostre primer pis, cansats de carregar caixes i feliços. En qualsevol moment m'explotarà l'estómac. Nyec.

L'Àlex continua agafant-me de la mà pel barri de Le Marais amb una normalitat que no tenim. Mai hem caminat per enlloc agafats de la mà. De fet, mai hem caminat gaire per enlloc junts. Hem fet més metres en vertical, pujant i baixant en ascensors d'hotel, dels que hem recorregut mai junts pel carrer. Ara no només me l'agafa, la mà. La pren amb força. No sé si té fred, por que m'escapi o és que no en sap, d'agafar-me de la mà. Agraeixo que em porti.

A l'altra mà hi porta el mòbil. No el deixa per res. Tant si es guarda la mà a la butxaca com si assenyala alguna cosa com si m'abraça. El mòbil és casa seva i de tant en tant sona. Es veu que hi ha hagut una fuita d'aigua i s'ha fos la nevera. Que se li farà malbé tot el menjar i que, d'acord, tranquil·la, ja truco jo al *seguro*, calma't, ara tinc una estona abans d'una reunió. Faig el truc i t'aviso. Penja i la mentida flota entre nosaltres i es podreix més ràpidament que el menjar de la nevera espatllada. És un silenci feixuc. Espès. Que fa pudor. No em mira ni somriu violentat i jo sé que és perquè ara som horribles. Som aquí perquè l'amor ha pogut més que la mentida, però la mentida, Clara, que això ho saps, destrueix sempre, tard o d'hora. Si ara el miro temo trobar en alguna cantonada de la seva cara algun indici incipient de descomposició cap a la podridura inevitable que és fingir, amor meu, que ara tinc una estona i truco jo al *seguro*, ja t'estalvio el maldecap com a demostració d'amor mentre no pots arribar a imaginar, ni tan sols un dia posant-te en la pitjor situació, que camino per París agafat de la mà d'una altra dona amb qui he fugit per poder fer-li l'amor tantes vegades com totes les que no li he pogut fer perquè he hagut de tornar a casa amb tu. Intento no conservar aquesta idea d'ell i de nosaltres, fora, fora.

Faig que miro un aparador i m'invento que tinc gana.

Torna a assajar la erra francesa quan em diu que ha reservat per dinar a la barra de L'Atelier de Joël Robuchon. Jo no sé qui és Robuchon ni pronunciat amb la erra francesa ni amb la catalana, però ell ho té tot pensat. Quan seiem a la barra, em demana un segon per trucar per telèfon. S'allunya una mica, però sento que dona el seu DNI i una adreça. Que si un tècnic, que si és urgent. A mi el mòbil em pregunta que com va el dia, que si ja m'hi entenc, amb els gavatxos, i que va a dinar amb els companys de feina. Tiro més del vi que de *l'oeuf*, el *poule* i els *fromages*. M'observo atentament per deixar-me anar tant com pugui, però el vi no em puja. És com si em veiés tota l'estona des de fora. Asseguda en aquest tamboret fent de la timidesa coqueteria. Em queda coqueta, aquesta vergonya de mi mateixa que em recorda la nena repentinada aquella, nyec. Em veig guardar, amagar, oblidar el mòbil a la bossa, em veig somriure a l'Àlex i tornar-li el muà que em fa als llavis quan torna de no dir-me que ha trucat a l'assegurança perquè els arreglin la nevera, que se li estan fent malbé els iogurts i el peix congelat. Unes gambes, potser, per al cap de setmana. Tot això no m'ho diu en el somriure ni en el muà ni en el Joël Robuchon és un dels millors xefs del món, no et queixaràs, eh, que em diu mentre s'asseu al tamboret del meu costat. Em veig enlluernada, sí, admirada, excitada per tot això de la vida que encara no sé, dels vins cars i els millors xefs del món, perquè jo amb una hamburguesa XXL a última hora del dia ja feia i a sobre feia fotos divertides i arrencava somriures a l'altra banda de la lent. Em veig i em dolc perquè sé que no he arribat tan lluny per tornar enrere. Em veig beure vi per oblidar-me que m'estic veient tota l'estona amb un altre, amb l'Àlex, em llançaria pel cap l'ampolla d'aquest *rouge* que se m'arrapa al paladar i em revesteix de vellut, vellut de «senyora de» a la barra de L'Atelier de Joël Robuchon, «senyora de» que es deixarà posada només aquesta boina vermella que ara porto, tan francesa, tan prêt-à-porter, quan arribem a l'habitació i fem l'amor que hem començat a fer al taxi, impúdics, amb els llavis, amb el vi a la sang i els mòbils a la butxaca d'una roba rebregada que quedarà per terra, cremats per *le feu, l'amour, la bougie, le désir, la passion, l'étincelle, le chaleur*, que és això que ens passa a l'Àlex i a mi en francès i en qualsevol idioma del món. *L'incendie*, la boina i el vermell, el *rouge* fins a l'hora del *room service*, que París ja l'hem vist i aquí hem vingut a veure'ns i a tocar-nos, a follar i a quedar-nos sense cobertura, borratxos, *téléphone éteint ou hors zone de couverture*, i a atendre només què és això que em passa a la punta dels dits quan et toco. Mira, si et passo el dit així, suau, per aquí, tinc el cor a l'entrecuix.

I tu?

31

Les respostes als dubtes de l'Àlex van anar arribant amb els dies. Pensava en ella, s'imaginava on devia ser i què devia estar fent a cada moment fins a la desesperació. La Clara no contestava els seus missatges gairebé mai. I quan ho feia eren críptics. Estic bé, gràcies. Ara acabava tots els missatges amb un punt final que a l'Àlex li semblava que era un mur de formigó, i havia deixat d'escriure muà per acomiadar-se. A vegades, li posava l'emoticona d'un petó, aquella que pica l'ullet i de la boca en surt un cor. Més d'una vegada es va trobar rellegint el missatge i intentant desxifrar si, realment, la Clara amb l'emoticona li picava l'ullet i li enviava un cor o si és que només sortia del pas per no haver d'escriure aquell muà tan seu, tan d'ells, tan de fa només uns dies, tan de fa tants dies.

Quan es van tornar a veure unes setmanes després ella duia les ungles pintades i la primavera ja feia pensar en l'estiu. Es van fer un petó que va trepitjar la vora dels llavis. Un petó incert que no va resoldre els dubtes impacients de l'Àlex, així que va haver de buscar altres indicadors. Estava molt guapa, trobava. S'havia posat un vestit i les cames li sobresortien bronzejades, i duia els cabells castanys molls, així que va pensar que s'havia dutxat abans de quedar. Va lamentar haver-se passat amb la colònia, no va poder olorar aquella netedat. S'estava a casa d'una amiga i havia començat a buscar pis. La Clara es va estendre en els detalls d'aquesta recerca, que n'havia vist tres, que necessitava que hi entrés molt el sol, que com s'estava encarint tot. A l'Àlex li va semblar que aquella conversa durava molt i es va sentir atrapat, se li va fer llarg reprimir l'espera'm que li sortia de dins però que no volia dir perquè s'havia promès que mai més ja no diria més del que podia fer. I perquè no sabia si ella ho esperava, a aquestes altures. Busca-te'l que sigui ample va ser tot el que va dir per no dir espera'm i anem a viure junts.

Pocs dies abans el Diego havia reaparegut amb un mail amb el cartell del vint-i-cinquè aniversari del festival com si no haguessin passat vuit anys des de l'últim cop que es van veure. Que què passa, capullos, ens animem a anar-hi o què. A l'Àlex no li va semblar la mala idea que era. Aquells dies consultava el mail cada cinc minuts per si a la Clara li donava per escriure-li per allà alguna mena d'explicació de com estava, i veure alguna cosa que no fos emails de feina ni spam ni els rebuts de la llum que encara compartia amb l'Helena i que el feien sentir tan covard, així que aquell correu el va engrescar tant que ni s'hi va pensar: sí, jo m'hi apunto. Quedava el Sebas, que no deia res, i l'Àlex va voler maniobrar amb un missatge individual de com estàs, tio, quant de temps, que no dius res del mail del Diego, que pot estar molt bé, si no hi vas jo tampoc no m'hi apuntaré. Per això ara se sent una mica malament veient-lo amb aquella cara tant del Sebas sempre mirant a banda i banda i demanant una birra més mentre ell ajuda el Diego a no caure enmig de tota aquesta gent de camí a trobar la Clara, l'única raó per la qual va dir que sí al festival, perquè quan va rebre l'email del Diego d'una forma automàtica ja va començar a pensar que li proposaria que s'hi apuntés per ensenyar-li que té una altra vida al marge de l'Helena que és igual que faci vuit anys que no cal que sàpiga que té aturada i que té el valor de convidar-la perquè ella és tan important per presentar-la als seus amics que són l'hòstia i no sé com els va la vida però ja veuràs que divertit, Clara. Ella no va dir que no, aquell dia de les ungles pintades, tot i que no se n'havia sortit bé quan va arribar el moment fatídic en què ella va pronunciar aquelles tres paraules que ja esperava sense estar convençut de la resposta que havia preparat. Va clavar-li la mirada i va pronunciar-les: i tu, què?

Fins i tot deixar l'Helena se'm fa molt difícil sense tu, li hauria dit, però sabia que no quedava bé. Se sentia una mica acomplexat per això, però sovint es repeteix els tios som així. No va ser tan explícit: tot se'm fa molt difícil sense tu. Ella va prémer els llavis, però diria que just abans les comissures s'havien tensionat una mica cap amunt.

Va deixar-ho més clar amb un vull estar amb tu, tot i sabent que hauria de donar més explicacions, unes explicacions que ella, benèvola o temerària, en aquell moment li va permetre esquivar.

Així que no has deixat l'Helena, diu el Diego arrossegant les paraules amb la nova cervesa a la mà. El Sebas li clava aquella mirada seva de mitja vela que emmarquen les ulleres que sempre feia i encara fa després de no sé quants porros. El Diego, en canvi, riu amb tota la dentadura, la campaneta i la gola profunda. Es pixa, diu el Diego. Tan formal que t'havies fet, diu. Tan de casa bé. Tan senyoret, rebla entre alenades d'aire. Tan ideal tot que has acabat demanant hora per follar amb l'Helena, oi? A l'Àlex no li surt fer broma del calendari d'ovulació que segueixen durant els últims mesos, però vol fer-los creure la seva mentida existencial que ens estem separant, n'hem parlat mil vegades, està decidit, però he d'agafar les maletes i marxar. Però marxar a on? On vaig, tios? Ara el Sebas també riu. Al pis de la Clara, així ja d'entrada? Em dirà que no, aquesta, em veurà com un penjat que no sap on caure mort. A un hotel? Vine a casa meva, home, li pica al braç el Diego mort de riure. La Diana estarà encantada de saber de tu, sempre li vas caure molt bé i sempre ha pensat que ets el més simpàtic dels tres. Segueix rient amb el cos endavant, bastant despenjat. Ho dic de debò, tios, com es fa? Marxo un dia de cop? Faig les maletes o vaig a recollir-ho tot un altre dia? És tot molt agressiu. I on vaig, vaig a un hotel, sí, passo d'anar de tirat a casa d'algú, és molt trist. Hi ha un hotel a prop de casa. La idea li afila la puteria al Diego, que comença a fer tac-tac-tac-tac-tac-tac molt ràpid amb la boca i estira el braç enrere com si arrossegués una maleta pel carrer. Cabró, i de sobte es veu amb la maleta gran, amb la maleta model vacances de tres mesos o de la meva vida de saldo aquí dins tota sencera, caminant ràpid pel carrer tac-tac-tac-tac-tac i sense aixecar gaire el cap per no trobar-se amb la quiosquera o el peixater amb un què, cap a l'aeroport, tan simpàtics ells, i el puto tac-tac-tac-tac-tac escandalós fins a les portes automàtiques, Welcome!, i traient una veu discreta per dir-li al noi de recepció vull una habitació en un idioma i un accent completament locals, sí, de moment només per una nit. Individual, sí, bé, doble, li dirà amb un apunt d'orgull, amb una mirada de tot és possible, aquesta nit, no et pensis pas que dins d'aquesta maleta enorme hi ha tota la meva roba rebregada i precipitada, no soc un home sense casa. De servei de bugaderia en teniu? El Sebas per fi riu ensenyant les dents, també, i el Diego diu que és un bon moment per tornar a repartir.

32

2010

Sempre havia estat igual, el Diego repartia sempre, a tothom. I marcava els temps. Abans d'entrar al magatzem, tots es van arremolinar al seu voltant i ell va anar concedint. A la Julieta li diu tu espera. La Julieta riu repenjant-se sobre el Sebas i dient no té remei. El Sebas pensa somriu, nen, no t'amarguis, no li ensenyis a la Julieta aquesta agror que et provoca la simpatia que té amb el Diego, però no se'n surt del tot quan li diu Julieta, fots unes ulleres que tela, nena. Estic bé, diu ella agafant-lo del braç que té enfonsat a la butxaca foradada del pantaló i de la manera com li hauria dit al seu avi entranyable no et preocupis que la nena està bé.

O com l'havia agafat el dia que li havia regalat la capsa de música amb el love me tender de l'Elvis. O com sempre, de fet. D'aquella manera com li havia posat la mà a la galta per dir-li ets monísssim el dia que li va dir que no l'acompanyava al concert de Los Planetas amb l'entrada que suposadament li sobrava i que havia comprat expressament per a ella. El dia que va començar a entendre que no sabia com s'havia convertit en el seu millor amic amb qui podia passar de tot, des d'anar-se'n al llit fins a compartir una trucada desconsolada a mitjanit per un cabró qualsevol que cap dels dos vol que l'altre digui en veu alta que és el Diego, perquè segur que és el Diego, es diu el Sebas, i que no sap estimar-te, Julieta, no estima ningú, Julieta, no et mereix. Et mereixo jo, collons, que estic aquí taral·lejant el love me tender sense que em sentis, la puta capseta de música que ara mateix esberlaria si sabessis, Julieta, on collons la tens, que ni ho saps.

Remunta-ho, tio. Entrem o què?

33

És aquí, l'escenari on has quedat, diu la noia del somriure lluna. Els veus? Faig una ronda amb els ulls repassant tota la gent que ens envolta. En aquest escenari ara no hi ha cap concert. A dalt només hi ha tècnics recollint cables, micros i instruments i aquí baix grups de persones en rotllana que parlen, beuen, mengen, ballen sense música. Una noia morta de riure cau a terra i n'arrossega una altra agafant-la per la samarreta. Es queden allà esteses i rient, tot i que aquest terra està fet un fàstic ple de fang, gots de plàstic i burilles. No hi ha ni l'Àlex ni el Diego ni el Sebas, no els veig, no. Deuen estar a punt d'arribar, no et preocupis, depèn de l'escenari que vinguin està lluny, diu la lluna a la cara d'aquesta noia mentre allarga cap a mi el braç del love will tear us apart tatuat amb un porro a la mà. No, gràcies. No ets gaire de tot això, tu, eh, somriu fent pujar la gandula del seu somriure només per una galta. Ho porto prou bé, no?, li reconec. Hi ha un silenci que dura uns segons i mentre m'envolta amb el fum de marihuana que acaba d'exhalar em pregunta si és bona persona. Qui? Aquest noi per qui has canviat la teva vida de dalt a baix, diu. Passen uns segons en els quals m'he quedat penjada mirant-li els ulls. Vull dir que tinc els ulls allà, als seus ulls, perquè en realitat no sé on miro. Quina pregunta, li dic, i ho acompanyo d'un sí que em sona poc convincent. No me l'he feta mai, aquesta pregunta, així, d'aquesta manera, vull dir. I no me l'esperava ara, afegeixo una mica avergonyida com donant per fet que esclar que sé la resposta, és que m'has agafat desprevinguda i per això enllaço frases que no acaben de ser del tot coherents: n'és, sí, de bona persona. Bé, crec que sí. Amb mi, sí. No sé veure que no en sigui, de bona persona, i penso fugaçment que tot el que li podria retreure ho ha fet o ho ha deixat de fer per amor i que fer coses dolentes o no fer coses bones no sempre et converteix en mala persona. Que el que compta és la voluntat de no fer mal, o potser no, potser realment l'únic que compta és fer coses bones pels altres. De tota manera, me'n vaig enamorar sense saber-ho, ara que hi penso no vaig tenir temps. Té bons sentiments, em dic. En silenci i cap endins s'obre un abisme i em pregunto si realment el conec.

Que estava casat l'hi vaig haver de treure amb pinces. Fas pinta de casat, li vaig llançar al final. Va riure, però d'entre les dents i els ulls d'incredulitat li va sortir un per què? Semblava que arribàvem al final del cafè que m'havia proposat fer poc després del dia de la galeria, un dia entre setmana a mig matí en un bar anodí. Tranquil, aquesta és l'hora dels adúlters, vaig dir sense gaires filtres en un intent de rebaixar la tensió que havia provocat el meu comentari fas pinta de casat. Va riure i vaig riure jo també. Tant se'm nota? Tant se't nota, sí.

Vam demanar una cervesa i mentre jugava amb el paper del sucre del cafè d'abans van començar a sortir els avorriments quotidians. Em costava aguantar-li la mirada perquè ara la conversa era de debò i anul·lava tots els lluïments que ens havíem explicat abans. Era admetre que ens havíem mentit, que ens havíem explicat la versió oficial de les nostres vides. Els dubtes sobre si aquell cafè-cervesa-en-un-bar-anodí-al-migdia havia estat un flirteig s'esvaïen a mesura que aprofundíem en les mandres i els entrebancs de les nostres vides.

Amb els dits enrotllava i desenrotllava el sobre de sucre buit. Tenia les ungles tallades arran de dit i se li dibuixaven algunes venes al dors. Vaig voler resseguir-les amb els dits just quan deia visc per revisar factures i vigilar que no falti ni aigua ni llet a casa. Se'm va escapar el riure. Jo no volia, però se'm va escapar: t'estic veient carregant cartrons de llet pel carrer i fent equilibris mentre busques les claus de casa. Em va mirar com si es veiés al mirall per primer cop i va dir d'acord, m'he passat, no vull que em vegis així ja a la primera cita. Va dir cita i jo vaig fer com si res.

En vam demanar una altra, de cervesa. I què fas quan has acabat de comprar aigua i llet per a la resta de la setmana? Vaig adoptar la posició enriu-te'n d'ell, que sempre m'havia donat bons resultats. Era una bona manera de no tenir gaire la paraula i haver d'explicar coses sobre mi, i a més em feia simpàtica i atrevida i que semblés que tot és possible. Just a l'altra cara de la moneda de les factures, l'aigua i la llet, com si els meus avorriments vitals fossin gaire diferents. Buidar el rentaplats i estendre la roba, va dir. Per fi rèiem obertament.

La vida et porta, no saps com però et porta, va dir, i arriba un moment en què no saps com has deixat de prendre les teves pròpies decisions. Ho deia donant-li a la vida una capacitat motora autònoma, així que la Clara indecisa però indomable, simpàtica i atrevida que fa que sembli que tot és possible va saltar alliberada per dir-li el que no em deia a mi mateixa, que la vida és nostra i de ningú més, i que si no prenem decisions és perquè no volem prendre-les i que tenim la vida a les mans, insistia, no em diguis que no hi ha res més trist que la teva vida i que no hi ha res a fer, hi ha milers de coses que són molt pitjors, no em diguis que no hi ha res més trist, perquè si ho veus així acaba-ho. I em vaig sentir com una xarlatana, em vaig sentir una mica impostora, perquè la meva vida també anava amb el pilot automàtic entre sopars en silenci, entre el dringar eixordador dels plats picant l'un amb l'altre en posar-los al rentaplats.

Però com a mínim havia aconseguit recompondre'm, perquè d'entrada, com el dia de la galeria, em vaig fer petita en veure'l. Alguna cosa en la seva presència tenia un efecte enorme en mi i m'alterava la percepció. No havia passat res i ja havia passat tot. Un cafè i dues cerveses després aconsegueixo agafar el got amb una sola mà, sense tremolors, i riure sense tapar-me la boca. Estava igualment impressionada, però havia començat a acostumar-m'hi. Vaig anar perdent la vergonya. No el coneixia gens, però l'avorriment vital era un lloc comú, així que tenia la sensació que parlava amb algú conegut que creus que t'entén, algú que creus que no et jutjarà, algú que és una mica un mirall. Per això quan va dir anem a la platja no vaig pensar que era una bogeria, que tenia feina pendent i que la sorra sempre acaba apareixent en el lloc més insospitat i et delata. Vaig dir que sí, vaig deixar que pagués ell i en lloc d'agafar la meva moto vaig acceptar anar-hi de paquet en la seva.

La vida, tu.

Vigila com trepitges, que no t'entri sorra a la sabata. Ho vaig pensar i gairebé a la vegada se'm va escapar en veu alta. Ja has començat a patir per mi?, va dir l'Àlex, sorneguer. No sé gaire on soc ni què faig, dic jo, com per excusar-me. I què diràs si ara et trobes algú conegut?, li pregunto també gairebé sense voler, perquè des que m'he tret el casc de la moto que tinc la sensació que no faig bé i que m'he d'amagar. Diu que no ens trobarem ningú i que no estem fent res dolent. Ho diu bastant convençut i afegeix estàs patint? Me'l miro als ulls i li somriuen. Crec que els meus són ulls de circumstàncies i que per això em passa el braç per sobre l'espatlla. No estem fent res dolent, em dic, però a mi aquell contacte físic em sembla massa i em revoluciona el cos. Noto cada un dels seus cinc dits tocant-me la pell i reso perquè no noti la dansa africana que de cop la sang em balla per dins.

L'horitzó és nítid allà on s'acaba o comença el mar i, com era d'esperar, porto les sabates plenes de sorra quan arribem a la vora de les onades. No hi pensis, em dic, Clara, relaxa't. Quan ja he estudiat els tres metres quadrats de sorra que tinc al voltant dels meus peus per comprovar que, esclar, com és evident, tota la sorra és igual i deixa ja de mirar i dissimular i seu perquè és el que s'espera que has de fer, perquè què farem ara?, seure a la sorra de cara al mar i parlar, suposo. Calla i seu, em dic, i no goso ni mirar de reüll per si ell m'ha vist fent tota aquesta parafernàlia d'estudiar la sorra com si fos geòloga o, jo què sé, per donar-li temps a prendre la iniciativa perquè ho ha proposat ell, això de venir a la platja, i ves a saber, potser ara el que espera no és que m'hi assegui, a la sorra. Al final m'hi he assegut perquè el moment se m'ha fet etern i m'adono que mentrestant ell ha estat negociant dos mojitos amb un venedor ambulant i no dubta gens a asseure's al meu costat. Aquests mojitos als diaris expliquen que venen directes de la claveguera, dic jo mentre ell posa el cul a terra intentant no vessar els mojitos. Odio el meu sentit de l'humor. Presumpte sentit de l'humor. Soc molt oportuna sempre, sí, traient el costat dolent de les coses. Tirant-ho tot una mica per terra, sí. Em maleeixo perquè en realitat em fascina que s'estigui asseient al meu costat i que m'hagi demanat un mojito sense ni preguntar-me si m'agraden, que m'agraden molt, i en lloc de demostrar-l'hi i sentir-me satisfeta perquè he encertat que el que tocava ara era asseure's a la sorra sense cap mena de complex va i dic que el mojito ve directe de la claveguera. Somric i intento que quedi simpàtic. Li agraeixo el mojito i bec amb delit. Més del que toca, fins i tot, per compensar allò de la claveguera. Vigila, Clara, que encara no has dinat i ja portes dues cerveses a sobre i les sabates plenes de sorra.

Juguem a si tornéssim a començar la vida. Què faries si tornessis a començar, li pregunto mirant cap al mar. S'ho pensa mentre mossega la canyeta del mojito. També mira cap al mar. No ens mirem els ulls. S'ho rumia una estona. Diu que hauria insistit més a seguir dibuixant i fins i tot dedicar-s'hi. Que ell dibuixa tot el dia, que per ell tot és un dibuix. Que ell mira una cara i comença a veure-hi les ombres i els volums que li dona la llum i estudia la profunditat de les arrugues per calcular quina pressió hauria de donar-li al llapis o quants cops l'hauria de passar pel mateix traç per aconseguir el mateix efecte sobre el paper. Mentre diu alguna cosa que ja em té dibuixada al cap, alguna cosa així diu mentre jo repasso mentalment tots els defectes i efectes del temps que em veig cada matí al mirall i penso que desitjo que no li agradin les nines de porcellana perquè si no, bonica, anem passant. I m'adono que, merda, vull agradar-li. Em mira i diria que no només li agraden les nines de porcellana però jo em sento empetitida i avergonyida i de tot, així que miro el mar com qui passa la pilota a l'altra punta del camp i dic que per sortir del claveguera el mojito és prou bo.

Et toca, em diu, i ara sí que em mira. Jo segueixo mirant el mar inútilment, no aconsegueixo evitar notar la seva presència i el seu cos colossal girat cap a mi. M'ho penso uns segons i li dic que no hauria tingut tanta pressa amb tot. Me'l miro fugaçment i em refugio en el contacte del coll amb la camisa que porta, que fa poc per a un dibuixant. M'entretinc en aquest nolloc del seu cos, que s'acaba d'inclinar lleugerament cap a mi. Aquesta camisa fa més de comptable que de dibuixant, li dic en un intent de no sé què quan ja el tinc a només un pam. Si giro una mica el cap ja no hi haurà pam, però el giro i els seus llavis són ferms i els frega lentament amb els meus. Tampoc hi ha pam quan xiuxiueja amb mig somriure si ara també tinc pressa. Em surt un calla que no sé si ha arribat a sonar perquè m'està sortint el cor per la boca i perquè els meus llavis han decidit que busquen els seus, que es deixen abraçar a poc a poc. La dopamina fa de les seves amb la serotonina mentre m'acaricia amb la llengua. Jo m'hi afegeixo decidida mentre es va propagant l'incendi.

34

2010

L'ambient a la nau d'Ambulancias Domingo és per deshidratar-se a l'instant. Hi fa calor i humitat i l'aire és dens. El Sebas comença a suar de seguida i resisteix la temptació de recular i tornar cap a fora només perquè la Julieta encara l'agafa pel braç. Quin antro, diu. Guapíssim, rebla ella. Cada vegada té més la sensació que no la coneix, que abans coincidien més. Decideix seguir cap endins malgrat tot.

Tot el que ve després pel Sebas, pel record del Sebas, són cinc minuts. És igual que es fes de dia mentre eren allà, que passessin hores. Per ell van ser com cinc minuts. L'endemà, quan no troben la Julieta, només fa que repetir però com pot ser si van ser cinc minuts.

Sap del cert que no van ser cinc minuts, tot i que no recorda gairebé res. Recorda que ell dura poc dins la nau, suat i emprenyat perquè la Julieta ho ha tornat a fer. S'ha desfet del seu braç. Sempre ho fa, independitzar-se d'ell en algun moment de la nit, sempre en algun moment comença a sortir sola, amb altres, Sebas, si ja ho saps. D'ell, se n'oblida. Queda enrere. Se sent com una plataforma de llançament.

A vegades la Julieta li cau fatal. Ja t'ho faràs, nena, pensa tot sovint. Jo me'n rento les mans, havia exhalat contribuint a aquell ambient compacte mentre la Julieta agafava embranzida i començava a parlar amb tothom. Ja t'ho faràs, havia dit amb les mans a les butxaques dels pantalons seguint-li de reüll cada moviment que feia. Dolgut, sempre esperava que arribés el moment en què l'alcohol, les drogues o un tio insuportable el convertís de nou en indispensable. Havia revifat del tot i estava exultant, passant-s'ho bé, rient, divertida, deixant escapar pel forat entre les dents la seva millor versió. La versió adorable. La versió irresistible. La versió que ell adorava i estava segur que tothom al magatzem adorava en aquell precís moment perquè no es podia no adorar. Era impossible no adorar-la. Per descomptat, el Diego, que acabava de fer una jugada magistral emportant-se-la al lavabo. La punxada a l'estómac va ser forta, com de costum.

Intenta convertir la humiliació en orgull, però no li surt bé. Ell sap, ell es diu, és normal que tu no li agradis, Sebas. En sap, de perdre, el Sebas. De fet, surt a perdre, sabent que perdrà. Potser aquest és el seu orgull. La derrota. La seva zona de confort és la certesa que no hi haurà remuntada. De fet, el que no sap és guanyar. Quan guanya, algun cop, per exemple aquell petó tremolós a la Julieta, els acudits que fan que rigui, fins i tot quan guanya sap que ja està perdent, que la victòria és fugissera a les seves mans. Que guanyar és començar a perdre, que l'eufòria vola. Per això ell es troba còmode en acudits curts, on la glòria passa de pressa per naturalesa. Ell, de fet, no s'hi troba còmode, en la victòria. Ell pateix quan guanya, necessita arrecerar-se quan hi arriba.

Ara surt de la nau perquè el que passi en aquell antro ja no té res a veure amb ell, s'ho diu sabent que una nova desfeta ja està escalfant a la banda. Per això s'asseu a terra, a prop d'una foguera que han fet uns altres nois, sense deixar de mirar endins, sense deixar de mirar la porta que va als lavabos i per on s'han esmunyit fa res el Diego i la Julieta, o la Julieta i el Diego, que no és cap santa, ella, Sebas, que ja ho saps. Des d'allà pot observar sense que es vegi que observa. El vigilant que ningú veu que vigila i que els enxamparà in fraganti perquè ell, que sap rebre revessos, ja sap què està passant allà dins, per descomptat, només pot estar passant una cosa i ell, que ja s'ha tret la medalla, que ja no vol haver-se penjat cap medalla amb la Julieta, ja ho sap.

Mentre la porta continua tancada, s'imagina infligint dolor al Diego. Potser un cop de puny dolorós que el deixés estabornit. Assaja mentalment altres versions, sí, una puntada de peu als ous i després rebentar-li el nas de cocaïnòman, tan de mascle alfa, tan temptador, que ell li rebenta amb el pensament perquè el Diego també li cau fatal. Voldria ignorar-lo, però com que ell domina tenir el marcador en contra prefereix voler-li trencar la cara i no ser capaç de fer-ho mai. Perquè la derrota és llarga i no te la treus mai de sobre, ell ho sap, ell es diu el Sebas. És una espessa bassa de fang: en el millor dels casos en surts enllardofat fins al capdamunt.

Com ara, que sembla que la porta del lavabo on són el Diego i la Julieta s'obre. S'obre uns dits, només. Cap endins, però sembla que queda bloquejada. Només apareix un marge negre de dos o tres dits que vol dir que a dins, esclar, no podia ser d'altra manera, Sebas, a dins estan a les fosques. La porta es torna a tancar, espia el Sebas emocionalment enfangat fins al capdamunt, i uns segons després sí que s'obre del tot. El primer que surt de la foscor són els ulls de la Julieta i aquell forat entre les dents. Són ulls molt oberts, expedicionaris, ulls en alerta que busquen alguna cosa. Alguna cosa que el Sebas, per descomptat, no cal que l'hi digui ningú, ja sap que és ell, que ell no la vegi sortir del lavabo amb el Diego, que just apareix ara per darrere intentant retenir-la passant li el braç per la cintura i anant a agafar la seva espatlla, creuant el braç aquell morè que té el Diego tot el pit d'ella, potser anant a petar, l'avantbraç, entre els pits d'ella, que es gira i li fa una ganyota que podria semblar un somriure o podria semblar un deixa'm. El Sebas, que ja sap què és sentir els aplaudiments des de baix del podi, hi veu un somriure de complicitat, un somriure de calla i no ho diguis a ningú, un somriure de que calenta que em poses, un somriure prometedor d'això no s'ha acabat aquí. Ningú no li dirà que és així, que és això, però al Sebas tant li fa, ell ja sap que és així.

Per això li ve una bafarada de fàstic quan es troba que els ullassos de la Julieta miren en la seva direcció, sembla que el mirin a ell. Ell creu que no el veu i per això es permet fer cara de fàstic, cara de que puta que ets, Julieta, i girar cua deixant aquells ulls palplantats mentre busca, uns metres més enllà, on acomodar la seva ràbia, el seu fàstic i la seva merda de vida. Que et follin.

Hores més tard, quan obre els ulls el sol l'enlluerna i nota les parpelles inflades. Ja no hi ha música, només algunes persones que parlen. El Diego, l'Àlex i alguns dels altres que fan una fila penosa i diuen que ja hi som tots, que els altres han anat marxant. Va, aixeca, el Diego li dona una puntada de peu a la cama. *Loser*, fa hores que estàs aquí clapat, això ja s'ha acabat.

S'aixeca amb els músculs adolorits i el cap fent zum-zum.

La Julieta no hi és i no pregunta per ella.

No pot evitar alegrar-se que no estigui amb el Diego i comença a fer-se la golejada en pròpia porta de veure's preparant cafeteres per prendre amb ella un altre esmorzar distingit, arreglant el món i les pròpies vides, donant-li consol, sent la seva millor alternativa, aprofundint en les merdes d'aquest món,[28] com si hagués de tornar a veure la Julieta en qualsevol moment.

35

Aquell dia de l'incendi quan vam besar-nos a la platja no ens vam dir gaires coses més. Estava encesa i el sentiment de culpa va actuar com milers de litres cúbics d'aigua llançats des d'un hidroavió. El va apagar i va fer mal de tanta força que portava. Notava les galtes acalorades i ell tenia els ulls enfosquits. Mare meva, em tapava la cara, què és això?, em fregava el front. Em sentia com la Lucy Jordan a la balada de la Marianne Faithfull,[29] de cop vaig tenir la sensació que no havia viscut res fins a aquell moment. Ell es gratava la barbeta, encès i somrient. No ho sé, què és això, però m'ha agradat molt, va dir fent notar el punt final al final, després del molt. Eren quarts de cinc de la tarda, no havia tornat a la feina, tenia sorra per tot arreu, no havia mirat el mòbil en les últimes dues, tres o quatre hores, no havia dinat, havia begut i m'havia morrejat amb un tio desconegut en una primera cita que al principi no sabia ni que era cita. Vaig voler dir soc una adúltera, però aquest cop vaig aconseguir mantenir la boca tancada i no espantar-lo amb els meus no-acudits. Vaig ser conscient de no voler espantar-lo. No vas bé, bonica. Hi havia molts silencis, ara que no ens petonejàvem. Però tu qui ets li pregunto sense poder amagar, vinga nena, per favor, aquest somriure de tòtila que se m'escapa. Qui ets, què és això, què està passant, mare meva, clamo i rubrico amb un, dos i tres no puc, no puc, no puc. Tranquil·la, em diu mentre m'agafa pel clatell i m'apropa cap a ell. Jo tampoc puc, i m'abraça.

Crec que va ser aquella abraçada, sí, va ser aquell tranquil·la mentre conduïa el meu cap cap al seu pit, sí, aquell segon i mig amb l'Àlex encara sent un desconegut, algú de qui intueixes més coses que no pas en saps, que em va fer pensar que era bona persona. Que era considerat amb mi, que admetia que ell tampoc sabia què era allò. Aquell segon i mig em va dir que compartíem freqüència de remordiment i de culpa i de curiositat i de desig. En aquell moment, això ja era molt. En realitat era l'únic que sabia d'ell.

Per això ara que el veig aparèixer entre la gent, aquí al festival, mesos després d'aquell petó i després de tot el que ha passat, després de deixar el Lu, després de no poder mirar-lo als ulls per la imatge que hi veia de mi mateixa, després de París, ara que arriba una mica desmanegat pendent del Diego i seguit del Sebas, ara que ja sé més coses d'ell de les que intueixo, penso que sí que és bona persona.

Crido Àlex, però cap dels tres em sent. És ell, li dic a la noia, que se'l mira i em regala un somriure de lluna panxa enlaire. Amb les celles també dibuixa llunes, ara, i alguna cosa en la seva manera de moure's em fa fixar-me en ella, en els seus ulls, que em miren amb una expressió que no sé entendre i que no em dona temps d'entendre perquè el següent és que m'agafa la barbeta amb delicadesa i posa els seus llavis sobre els meus en un petó que em sembla que dura una eternitat perquè tinc temps de pensar què fa!?, m'està fent un petó, que hi ha l'Àlex aquí mateix!, i notar el calfred que em neix ventre avall. Se separa una mica i sé que la miro amb els ulls esbatanats. Crec que ella segueix somrient mentre fa sonar ens ho hauríem passat bé. Em fa un altre petó curt i desapareix deixant-me amb les mans buides i algunes preguntes, encara més addicta a les oportunitats perdudes, les mirades que es freguen i les que impacten, les trobades fugaces amb desconeguts i el que mai no serà: es pot enyorar el que no has viscut? Quan torno a enfocar l'Àlex em saluda amb el braç a vint metres de distància. Somriu.

36

No és una persona gaire efusiva, l'Àlex, així que el dia que decideix que se li vegi el que sent és un espectacle. De cop és les cascades del Niàgara, el riu Amazones de dalt a baix. De cop és un bosc inacabable de sequoies gegants.

Ara ve del pal la Gran Barrera de Corall i em deixo abraçar per aquell cos que objectivament no és tan gros, però en el qual em sento arraulida i protegida després de tota la nit amb gent desconeguda i encara amb el petó de la lluna d'aquella noia als llavis i el formigueig a l'entrecuix. Mentre soc al coll de la seva samarreta bromejo que he trobat una noia per fer un trio, però no m'entén, esclar, aquí enmig i a sant de res, després de tanta estona, així que se m'escapa un riure una mica esverat i tiro enrere: li dic alguna cosa del trio que fan el Sebas i el Diego i ell.

Jo no era gens llançada al principi, quan quedàvem i jo no volia però les cames m'hi portaven amb l'estómac ofegat. Perquè jo en realitat no ho volia fer perquè sabia que feia mal al Lu i sabia que, irremeiablement, em feia mal a mi mateixa, però les cames m'hi duien. Escrivia Ok al mòbil serrant els llavis per dissimular el somriure aquell que faig, que fem, que fa tothom, de tòtila, quan t'agrada algú, i una força interior desconeguda m'empenyia fins a trobar-me amb ell.

Jo no era així. Vull dir que jo abans de conèixer l'Àlex tenia més cap que ara. Ara mateix ningú sap que soc aquí, enmig d'un festival amb l'Àlex, aquest noi per qui he canviat la meva vida de dalt a baix, quan hauria d'estar fent el dol per la relació amb el Lu i després d'un petó que m'ha fet una noia per la qual hauria allargassat els cinc últims minuts de la meva vida. Sí, tenia més cap que ara. O menys sexe al cap que ara. Menys passió, potser. No, més voluntat. Era un quadre de Hopper, sempre esperant no saps què, i ara soc un Pollock de la seva època colorista, en constant moviment i un pèl caòtic. Però, com Pollock, jo m'entenc encara que no ho sembli. Quan vaig conèixer l'Àlex, la Clara dibuixada per Hopper s'aixecava de la taula sempre buida i començava a caminar sense saber gaire per què ni cap a on. Ens trobàvem i pràcticament no ens dèiem res. Ràpidament em posava el casc i ja amagada i a recer de les mirades, de qui?, no sé, de qualsevol persona del carrer, l'agafava fort al pit per no caure, en sentit literal i figurat.Vaig sentir-me molts cops a punt de caure. Quan després de tota la tarda amb ell, la Clara *l'imposteur* arribava a casa cansada de tot el dia, una sensació d'agror se m'instal·lava a l'estómac. No tenia ningú més a qui explicar-l'hi així que, aprofundint en l'engany i convertint-me en un manyoc d'aquells de Pollock, era a l'Àlex mateix a qui li explicava per missatge que malament que em sento, no tinc gana, soc mala persona, el Lu no s'ho mereix, és bona persona. I així un dia i un altre fins que un dia l'Àlex, suposo que cansat dels meus pregons autodestructius amb els quals espatllava cada tarda fantàstica que havíem passat junts, va respondre que no, que només ens hem enamorat i que això no té res de dolent.

Que només ens hem enamorat, torno a llegir estirada al llit. Noto tensió als músculs de les cames i sota els llavis. Per damunt el volum de la tele que arriba del menjador el Lu pregunta sopem? Una bola de fàstic fa pressió darrere la llengua i una saliva prima m'inunda la boca. Arribo a temps a la tassa del vàter i ho aboco tot. El carpaccio del dinar, les dues ampolles de vi blanc caríssim i també les lioneses amb nata que hem demanat per emportar, la nata que he menjat de la seva boca, els gemecs que he fet a la seva orella, la suor del seu cos amarant el meu, els petons, el seu dit jugant amb la meva llengua, el remordiment, surt tot, tot ho vomito fins que quedo buida aferrada a la tassa del vàter per no caure a terra i com si fos terra ferma. Ploro i sento que arriba el Lu, que em toca l'esquena, que què em passa, que si estic bé, que què he dinat, que joder quina pudor. Com que no puc vomitar res més, em ploren els ulls. Li dic que no ho sé, que que malament que em trobo, que vaig a estirar-me, que no podré sopar, que no ho sé, que sí, que em trobo millor, que sembla que m'està passant, que sí, que les cames em tremolen d'això, segur, que no pateixis, que ves fent amb el sopar, que jo m'estiro una estona.

Em vaig adormir i vaig tornar a obrir els ulls a quarts de dues de la matinada. Tot a les fosques i sense son, vaig rebobinar fins que havia rebut l'últim missatge de l'Àlex. Vaig buscar el mòbil a les palpentes i sí, allà hi havia un altre missatge d'ell esperant per ser llegit. L'Àlex havia esperat uns minuts abans d'escriure'l, suposo que per veure si jo responia al seu ens hem enamorat. El que ell no sabia era que en aquell precís moment jo estava vomitant l'enamorament així que va deixar escrit bé, perdona, potser tu no estàs enamorada de mi, però jo sí que ho estic de tu i vull que sàpigues que entenc el que passes i que vull que arribi el dia en què puguem estar tots dos junts, sols i tranquils, que visquem junts, si tu ho vols.

37

On t'havies ficat, Clara!, l'abraço. Estàs bé? Quina angoixa no saber on eres, sí, quina merda els mòbils, completament penjats, però mira que t'ho vaig dir, Clara, que l'únic que no et pot passar en un festival és perdre el grup, i va i és el primer que et passa. Torna a abraçar-la una mica alleugerit perquè no la veu enfadada. No sap que, home, sí, ha estat pendent d'ella tota l'estona, però que entre que la buscaven i no la buscaven han vist un parell de concerts. Radiohead, Clara, te l'has perdut, quina ràbia m'ha fet quan han tocat «Creep», he anat cap a aquell escenari pensant que tu també potser hi aniries però, esclar, sí, tu no coneixes res d'això. I què has fet??? Ah!, sí, Silencio! Jo ho vull veure, està bé?, i tot això tu sola? Tercera abraçada. A vegades li costa d'aguantar-li la mirada.

No és cosa de la seva mirada, que li sembla espectacular, és cosa de les seves veritats a mitges o les seves mitges mentides. En realitat, de mentida, el que és una mentida, dir una cosa per l'altra, no n'hi ha dit cap. Una altra cosa és que hagi estat cent per cent transparent amb ella, que no, cosa que vol dir que la té una mica enganyada i que ha perdut moltes oportunitats per revelar els seus secrets.[30] L'Àlex no vol dir-ho així, però sí, sí, la tinc una mica enganyada i per això aquesta mirada que té em travessa i és com si em despullés el cervell, que me'l trobo fent-li un striptease amb una peça de roba menys cada cop que ella pestanyeja. Així que l'abraço i no li aguanto la mirada. Ara, per exemple, no fa dues hores que la busco incansablement, és evident que, tot i no oblidar-me'n, m'he entretingut i m'ho he estat passant bé, és evident, tan evident que segur que tu, Clara, ja ho saps o ho intueixes una mica, segur, no pot ser d'una altra manera. Tan evident, Clara, com segur que saps, intueixes, ensumes, que amb l'Helena tot està una mica verd encara, oi que sí, Clara, segur que sí, perquè jo t'he dit que vull viure amb tu, no que vingui a viure amb tu encara que hàgim fet plans, sí, sí, sí, hem fet plans que segur que fan que potser no sàpigues, intueixis ni ensumis que, de fet, jo encara visc amb l'Helena i no només, això, Clara, ara que t'abraço i no et veig els ulls ni tu me'ls veus a mi et diré que no només això, Clara, sinó que l'Helena encara es pensa que busco un fill amb ella, Clara, perquè sí, jo em vaig prometre no dir-te més del que podia fer, però és que jo no sé com fer-ho perquè el que no dic perquè no ho puc fer és el que vull fer però no ho puc dir perquè no tinc collons de fer el que he de fer abans de poder-ho dir, quin embolic, ho sé, deixa'm, abraça'm com estàs fent ara, que no saps, no intueixes, no ensumes res. Sospiro.

Em diu que no ha sopat i penso que nosaltres tres tampoc. No hi he pensat. El Diego tampoc, per descomptat, perquè ja li és tot igual, i el Sebas podria sobreviure a un bombardeig sense treure les mans de les butxaques, tot i que diu que no té gana i que ell s'acaba la birra i marxa.

Hi ha una zona on hi ha alguns food trucks

poc apetitosos. Kebab, frankfurt, pizza, creps, burritos per parar el cop, per fer el fet de sopar, pur tràmit i res més. Les parades estan il·luminades, les planxes treuen un fum que es queda suspès a sobre els nostres caps. Fa molta calor, no passa l'aire i el fum flota. Cua per pagar el tiquet, cua per demanar, cua per esperar. El Diego agafa taula i cadires remugant que quan aconseguiu que us donin el menjar s'hauran acabat tots els concerts. Ell no sap esperar i li pren el porro de les mans al Sebas, que li venta ets un capullo i que et follin, no t'aguanto més. Es gira i se'n va mentre el Diego treu el fum a batzegades i pronuncia això, ves a fer una volteta a veure si trobes la Julieta. D'esquena, sense aturar-se ni girar-se, el Sebas aixeca el braç i li ensenya el dit del mig. Mentre fem cua la Clara diu sense esperar resposta van una mica passats, no?

Jo, de drogues, res, li havia dit la Clara un dia. No n'he tingut mai a prop, que jo en sigui conscient. No m'agrada no saber què m'estic prenent. No venen amb prospecte, composició i contraindicacions, oi? I es petava de riure. Això ho fa bastant, ella. Fa l'acudit i ella mateixa se'l riu. A vegades, fins i tot, no pot acabar bé la frase perquè ja comença a riure. I tu, qualsevol, que aquí no hi ha cap imbècil que la deixés escapar, rius davant d'ella com un babau. Dic tu, que soc jo i som molts. Rius de la gràcia que li fa la seva pròpia ocurrència. Que sigui bona o no, tant és. Fan gràcia ella i el seu riure. Plora de seguida, ella, de riure, així que és inevitable no acabar rient amb ella. El mateix quan plora de pena o d'emoció. No saps com ni per què, sense que t'avisi, potser fins i tot està rient, i de cop te la mires bé i aquelles llàgrimes ja són d'una altra cosa. D'emoció, em va dir un dia que plorava. No de pena ni d'alegria. D'emoció, concreta ella. Ella s'emociona i, a vegades, plora. Incapaç d'entendre-la, vaig insistir: però t'emociona una cosa que, per exemple, et fa pena i per això plores, no? Al final vam deixar córrer la conversa.

El dia que crec que ho vaig entendre va ser poc després d'haver-nos retrobat aquell dia de les ungles pintades i els cabells castanys molls. Ella havia estat molt continguda expressant els seus sentiments després de separar-se i jo havia intentat desplegar tota la meva xerrameca de firaire perquè no se m'escapés. Estava convençut que si obria bé els ulls, ara que engegava una nova vida s'adonaria que no em necessitava, que era un llast, de fet, que no estava realment enamorada de mi, que jo havia estat la gota que havia fet vessar el vas de la seva relació i poc més. Esclar que ella no sabia la meva incapacitat de rematar les coses, concretament d'acabar la relació amb l'Helena, i això a mi em torturava i em feia sentir un miserable.

Havíem quedat a prop del seu nou pis. Jo sempre intentava quedar allà directament perquè, ella no ho sabia del cert donada la meva mà esquerra amb l'ambigüitat, temia que algú em trobés amb ella pel carrer agafats o fent-nos un petó o penjada de la meva espatlla. Tanmateix, ella tampoc era de fer aquestes demostracions públiques ara que ja s'havia separat del Lu. No li deia que ho agraïa, al contrari. Em sentia tan insegur que, com una mena de kamikaze, li retreia que fos poc carinyosa amb mi públicament. No em consolava que volgués ser prudent poques setmanes després d'haver deixat el Lu. Així que sortíem i sèiem a la terrassa de la plaça com dos amics, però semblava que fóssim una parella normal quan entràvem al basar, que se m'ha acabat el detergent de roba blanca o encara no he comprat pinces per estendre la roba o se m'han acabat les birres, i jo no l'esperava fora de la botiga, no, sinó que entrava amb ella i després carretejava les seves bosses fins a casa. Si algú conegut m'hagués parat en aquells moments pel carrer, carregant detergent o paper de vàter al seu costat, no sé quin conte a preu de saldo de firaire hauria venut. A vegades pensava que em trobin i així ja ho tindré tot explicat sense haver de posar-hi paraules. Un cop dalt, no col·locàvem la compra a lloc, es quedaven les bosses plenes sobre la taula mentre, ara sí, guapa, ara sí que no te m'escapes, vine aquí, i li treia la roba amb els set braços que no tinc i fèiem l'amor no importava on.

Feia dies que havíem decidit que aniríem al festival amb els meus amics, i allò s'havia convertit en una mena de prova del meu amor, del que teníem a tocar, una vida en comú. Em semblava que ella estava moderadament engrescada amb la idea. Jo, en canvi, tenia una il·lusió desbordant perquè a aquelles altures, a aquestes altures, estic atrapat i venut per ella. Si em deixa em deprimiré, penso. Tot gira al seu voltant.

Tu controles la relació i no sé què en penses, li vaig deixar anar un dia amb tota la meva barra, com si l'estigués esperant tirat al carrer, com si per ella m'haguessin desheretat, com si per ella ja hagués deixat l'Helena, en definitiva. Tu controles i jo no sé què vols, no sé què sents, ploricava tot sovint, em sento secundari en aquesta nova vida que tens, no sé si em necessites com em necessitaves, sé que t'agrado, follem, tenim plans, però alguna cosa no m'acaba d'encaixar, li enxufava amb tota la meva barra, acollonit per si alguna cosa d'aquestes era veritat perquè jo el que necessitava era l'empenteta, digues vine a viure a casa i vinc, Clara, però no començar de zero des de casa els pares o ves a saber on, amb la maleta fent tac-tac-tac-tac-tac-tac amunt i avall. Aleshores va venir una d'aquelles ocurrències seves que no sap acabar del riure que li fan, però aquest cop, a més, tot seguit li va venir un d'aquells plors seus d'emoció, així que jo estava com un flam quan va dir segueixo enamorada de tu.

Va dir segueixo enamorada de tu.

Encara no m'ho havia dit mai, tenia clavat aquell missatge que mai va respondre i ara diu segueixo enamorada de tu entre un riure que se li escapa entre les dents i les llàgrimes que se li escapen pels ulls. Vaig empassar-me saliva perquè soc de la mena de tios, Àlex, ets de la mena de tios que ara s'eleva i l'abraça o li fa una broma de tornada, així que vaig tirar l'emoció cap avall com vaig poder, vaig riure un vine aquí, la vaig abraçar i quan ja no li veia els ulls i sense que em sentís vaig dir ara sí, Àlex, ara sí, no siguis burro, ara faràs el pas, ho tens tot a les teves mans, quina felicitat.

Quina punxada a l'estómac quan vaig tancar la porta de casa i l'olor d'encens d'espígol em va donar la benvinguda. Vaig trobar l'Helena fent el sopar. Que com ha anat el dia, que si tinc gana. De fons, les notícies amb imatges de gent amb el cap regalimant sang, una bomba no sé on. Vaig inspirar per omplir els pulmons de la valentia i la dignitat d'un tio com cal. Vaig tornar a inspirar fort per ordenar les paraules que ho canviarien tot. Vaig veure'm reflectit a la pantalla de la nevera nova i vaig veure'm pronunciar paro taula i que boig que està el món.

Epíleg

2010

Hola. Diego, hola, diu la Julieta. Soc jo. La, la Julieta. Ahir... hummm... bé, he perdut el mòbil, només conservo el teu telèfon en aquell paper que em vas donar. El porto... hummm, el porto a la cartera. En fi, diu la Julieta, que intenta no dubtar tant amb les paraules mentre s'enrotlla al dit el cable del telèfon del bar des d'on truca. Soc en una platja, m'he despertat aquí, no, no sé, no sé on soc exactament... Tinc llacunes d'ahir. Sospira fent un somriure forçat i afegeix daixò... no estic sola, hi ha el tio aquell de les rastes. Víctor. Sí, es diu Víctor. Bé, el cas és que... torna a deixar la frase penjada, però aquest cop inspira decidida i esquinça el silenci bramant ETS UN FILL DE PUTA!

El seu cos petit queda penjat endavant, amb el cap contra la paret, com si hagués expulsat mitja ànima en dir-ho, com si s'hagués buidat. Després somica, ara amb un fil de veu, etsunfilldeputa. Ho recordo tot. Tot, Diego, tot.

Per l'auricular del telèfon una veu li diu missatge enviat a les vint hores i dinou minuts, per deixar un nou missatge premi 1. La Julieta s'eixuga els mocs amb el dors de la mà i prem 1. No espera cap indicació per tornar a dir, tremolosa, que ho recordo tot, et vaig dir que paressis, et vaig dir, diu recollint-se amb la llengua les llàgrimes que li arriben fins al llavi, et vaig dir que no volia prendre res més, que em deixessis, que volia sortir a ballar, que hi havia el Sebas esperant-me... S'ofega quan pronuncia Sebas i es recorda a ella mateixa volent sortir del lavabo però incapaç de fer-ho perquè les cames li feien figa. I com el Diego va agafar-la per darrere abans de caure a terra i com va recolzar-la contra ell, la seva esquena contra el cos d'ell, que estava rígid. I com ella va allargar el braç per obrir la porta i sortir d'allà, però la porta semblava tan lluny, no arribava de cap manera a la maneta per obrir-la. I la força del braç fort del Diego que li travessava el pit agafant-li un pit amb la mà. I com li semblava veure a l'altra banda de la porta que el Sebas veia aquella mà que magrejava el seu pit i l'altra mà fregant-li el cony sota les calcetes d'encaix que ha vist, se n'ha adonat, que el Sebas li vigilava a l'ambulància. I és com si el veiés ara amb la mirada d'odi i amb la mirada de fàstic, com l'odi i el fàstic que ella sent ara quan la veu pastosa que li parla a l'orella li etziba com t'agrada eh, Juls, que bé que follem, eh. I ara pensa que vomitarà sobre el telèfon, acota el cap, la Julieta, i diu amb els ulls tancats de dolor el Sebas ens va veure i amb ràbia es pica el front amb el palmell de la mà. Jo no soc així, somica, JO NO SOC AIXÍ, li crida ara a la veu del telèfon, que repeteix freda i impertorbable que missatge enviat a les vint hores i vint-i-un minuts i que per deixar un missatge nou premi 1.

Agraïments

Gracias a la vida, que me ha dado tanto...

I al Manel i a la Fina, per fer del rebedor de casa la meva primera biblioteca.

A l'Hèctor, per empènyer sempre preguntant per què no.

A l'Olivia, preciosa, petita, per regalar-me pau, nits plàcides i llargues hores d'escriptura.

... Me dio el corazón que agita su marco.[31]

Notes

1. «Somewhere only we know», Keane.
2. «Qui n'ha begut», Mishima.
3. «The less I know the better», Tame Impala.
4. «Forever young», Madness.
5. «Rebellion (Lies)», Arcade Fire.
6. «Strangelove», Depeche Mode.
7. «Cuando te conocí», Andrés Calamaro.
8. «Dancing with myself», Billy Idol.
9. «Champagne Supernova», Oasis.
10. «Twilight driving», Methyl Ethel.
11. «Can't go back», Primal Scream.
12. «Heaven knows I'm miserable now», The Smiths.
13. «Hey man», Eels.

14. «De viaje», Los Planetas.
15. Referència a la mort d'Emma Bovary a *Madame Bovary*, de Gustave Flaubert.
16. Referència a la versió de dona abnegada que representa Penèlope a l'*Odissea* d'Homer.
17. Fragment del poema «No volveré a ser joven», de Jaime Gil de Biedma.
18. Protagonista d'*El roig i el negre*, de Stendhal.
19. «What you want», Two Door Cinema Club.
20. «Space Oddity», David Bowie.
21. «Qué nos va a pasar», La Buena Vida.
22. «Creep», Radiohead.
23. «Love will tear us apart», Joy Division.
24. «Love will tear us apart», Joy Division.
25. «I need some sleep», Eels.
26. «I need some sleep», Eels.
27. «Je ne regrette rien», Édith Piaf.
28. «La cafetera», The New Raemon.
29. «The ballad of Lucy Jordan», Marianne Faithfull.
30. «Jack and Jill», Katie Herzig.
31. Els fragments en cursiva són de la cançó «Gracias a la vida», de Violeta Parra.